跟着魯迅學寫作

三支鉛筆讀寫研究中心　編著

商務印書館

跟着魯迅學寫作

編　　著：三支鉛筆讀寫研究中心

責任編輯：吳一帆

裝幀設計：麥梓淇

排　　版：周　榮

出　　版：商務印書館(香港)有限公司

　　　　　香港筲箕灣耀興道 3 號東滙廣場 8 樓

　　　　　http://www.commercialpress.com.hk

發　　行：香港聯合書刊物流有限公司

　　　　　香港新界荃灣德士古道 220−248 號荃灣工業中心 16 樓

印　　刷：美雅印刷製本有限公司

　　　　　九龍觀塘榮業街 6 號海濱工業大廈 4 樓 A 室

版　　次：2022 年 4 月第 1 版第 1 次印刷

　　　　　© 2022 商務印書館(香港)有限公司

　　　　　ISBN 978 962 07 4629 1

　　　　　Printed in Hong Kong

品讀魯迅，學習寫作

品讀魯迅，學習寫作

為甚麼讀魯迅？

魯迅先生及其作品在中國文學史上的重要性，無需多言。但提到魯迅，大家第一個念頭往往是 —— 怕。所謂「一怕文言文，二怕寫作文，三怕周樹人」。

既然那麼怕，躲開行不行？不行。

往淺了說，魯迅的作品入選教科書或被教育局、學校推薦，考試有很大機會考到。往深了說，名家經典滋養人心，有助錘煉語言習慣，提升閱讀品味，培養高尚情操。

我們「三支鉛筆讀寫研究中心」開辦的閱讀寫作課程，帶領數千名學生品讀了汪曾祺、老舍、巴金、豐子愷、季羨林等名家的作品。2021 年夏天，我們帶領孩子們「品讀魯迅」。

課程之後回顧，才意識到 2021 年恰是魯迅先生誕辰 140 週年，不禁心生一股欣慰之情。事實證明，孩子是可以讀懂魯迅的，不止讀懂了，還深受觸動。「橫眉冷對千夫指，俯首甘為孺子牛」的魯迅，也曾經是個孩子，也是個令今天的孩子感到親近的人。

細選作品，貼近孩子生活經驗

孩子們是如何讀懂魯迅的呢？這離不開層層細密的教學設計。教學過程和教學成果，都詳細呈現在本書中。

我們選擇離孩子生活最近的篇章,讓孩子去熟悉魯迅童年的事和故鄉的人。例如,《社戲》寫了孩童的期待心理和頑皮嬉戲;《五猖會》中突然被要求背課文的茫然失措,想必很多孩子都有共鳴;《阿長與〈山海經〉》中的保姆長媽媽,既嘮叨,又疼愛孩子,也許會勾起孩子的溫情記憶……

當孩子認識了《從百草園到三味書屋》裏那個和植物、動物、昆蟲玩耍的小搗蛋鬼;那個被美女蛇的傳說嚇得不輕,卻又特別想遇見美女蛇的好奇小朋友;那個上課時問老師各種奇怪問題的小讀書郎……並意識到:這也是魯迅。還會對魯迅先生和他的作品感到陌生和抗拒嗎?

「讀進去」是為了「寫出來」!

我們來看一下本書內容的板塊。

通讀全篇　細讀品味　從篇章,到段落,再到詞句,從大到小讀下去;再反過來梳理思路,從小到大,搭建出全文的結構圖。重要的句子,畫出來!獨特的用詞,做記號!精彩又好用的寫作方法,寫在文旁的空白處……這樣,孩子們既對文章有整體的把握,又讀得非常細、非常深,如同庖丁解牛一般。可以說,把文章的結構脈絡、主題思想、語言特點梳理得清清楚楚,總結得頭頭是道。

仿寫　在閱讀文章之後,設立仿寫環節。仿選材、仿寫法、仿語言……以魯迅作品的句子、段落、全文為例,為孩子寫作文訓練精彩的表達、精準的選材、精巧的結構。

在此基礎上,孩子們融入自己的生活素材,一篇篇有大師風範的精彩作品,就這樣在孩子們筆下誕生!幸福的閱讀體驗轉化成了寫作實踐。

書中設有兩個「作文講評」單元,分別呈現、分析我們課程的學生仿寫魯迅名篇,寫出的寫事和寫人佳作。看,日常生活裏的事,身邊熟悉的人,魯迅可以寫,孩子們同樣可以寫得很好。寫作的道理是共通的、可以學習掌握的。

另外,書中正文每三個單元後,設置了一個「延伸閱讀」單元,分別講解魯迅的散文《五猖會》和小說《風波》。有興趣深入學習的同學亦可以跟隨「延伸閱讀」單元作更多探索。

閱讀、寫作是陪伴一生的朋友

這個夏天的課程是有限的,本書的容量也是有限的。三支鉛筆讀寫研究中心做的努力,只是大家閱讀魯迅作品之路起步的墊腳石。這本書不過是在孩子心裏埋下一顆種子,待他們今後再讀到魯迅先生更多作品的時候,不會抗拒,或許還會有更多新的理解和感悟。

積跬步以致千里。願這點滴的收獲,能燃起孩子心中對魯迅以及其他文學大師作品的熱愛之火,並激發源源不斷的寫作靈感!

三支鉛筆讀寫研究中心　海棠老師

2021 年 11 月 11 日

那年的樂園——

魯迅筆下的「百草園」

　　親愛的同學們，本章要講魯迅先生筆下的百草園，出自收錄在《朝花夕拾》裏的回憶性散文《從百草園到三味書屋》。

　　在正式開始講解之前呢，老師想問大家一個問題：

　　哪裏是你們的樂園？

　　這個樂園可近可遠。可以是家裏、屋苑裏、學校裏，或者是社會上某一處地方。

我的樂園是自己的書房。

朋友家。

我家在江蘇南京，我的樂園是南京玄武湖公園。

玄武湖好大。

自己的臥室。

爺爺的桃園，在那裏可以吃桃子。

你可真幸福。

籃球場。

看來你是一個運動型的男孩。

那麼，「樂園」對我們來說 ——

可以是你暢想、暢讀很多書的書房，也可以是你疏解自己心情的臥室，也可以是你揮灑汗水的籃球場，也可以是你欣賞美景的公園，還可以是鄉下的外婆家、爺爺家這類有鄉村氣息的地方……

我們的樂趣呢，可以是吃好吃的，玩好玩的，也可以是享受學習的樂趣，對不對？

我們一起來看一下，對於魯迅這樣的大文豪來說，他的童年樂園是甚麼樣子？在這個童年樂園裏，到底有哪些樂趣所在？

首先講一下本書品讀經典文章的方法。

我們「從大往小」**讀，先**通讀全篇**來整體感知，再**細讀品味**來理清結構，然後**朗讀詞句**來體會文章細節。**

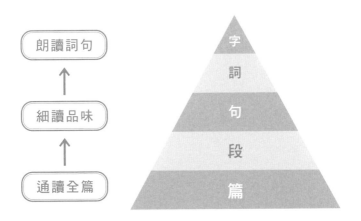

細讀之後，會以搭建全書結構圖**的方式，重新回顧一次文章**的全局。

通讀全篇

請大家先通讀全篇,見本書第 8-11 頁。

有三個問題:

百草園有哪些樂趣?

小魯迅有甚麼特點?

本文表達了怎樣的情感?

①百草園有哪些樂趣?

有美景,有趣聞,有趣事。

嗯。

有趣的動植物。

這也容易發現。

聽故事、捕鳥。

何首烏、昆蟲……

確實也是樂趣所在。

玩蟲子、看飛鳥、找植物、捕鳥。

你們關注到了**細節**。我們試着鍛煉一下自己的**概括性**思維。沒有概括到位也沒關係。

 環境、傳説和遊戲。

這又非常的概括。

看到大家答題的**「顆粒度」**不太一樣，有些同學的關注點非常小，關注了好多細節啊！如果列這樣的小細節，就會列出來很多，所以，通讀全篇的時候，我們需要學會從**整體**思考。

老師的答案：
動植物
「美女蛇」的傳説
雪天捕鳥的遊戲

中心不是「鳥」，而是「雪天捕鳥」，它是一個遊戲。

②小魯迅有甚麼特點？

愛吃，因為去摘覆盆子了。

是的。

調皮、貪玩、性急。

對，「性急」這個詞是文中直接有的。

可愛、淘氣、有童趣、活潑。

說得對，這些詞都不錯。

好奇心！

你抓到了「好奇心」這一點，很好。

喜歡聽故事。

善於思考。

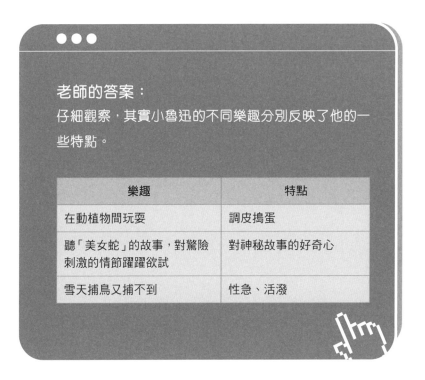

老師的答案：
仔細觀察，其實小魯迅的不同樂趣分別反映了他的一些特點。

樂趣	特點
在動植物間玩耍	調皮搗蛋
聽「美女蛇」的故事，對驚險刺激的情節躍躍欲試	對神秘故事的好奇心
雪天捕鳥又捕不到	性急、活潑

③本文表達了怎樣的情感？

梳理文章內容之後，我們要設身處地去體會童年小魯迅的心情哦。

其實老師小時候，做夢能夢見白娘子帶我學法術。所以老師就很理解小魯迅願意去相信美女蛇的存在，

本文的情感，可以說是表達了魯迅對童年的留戀，即是既懷念又捨不得。

魯迅到底是怎樣表達自己對百草園的留戀的？這就需要我們細細品味字句來體會。

細讀品味

從百草園到三味書屋（節選）

我家的後面有一個很大的園，相傳叫作百草園。① 現在是早已並屋子一起賣給朱文公的子孫了，連那最末次的相見也已經隔了七八年，其中似乎確鑿只有一些野草；但那時卻是我的 ② 樂園。

不必說碧綠的菜畦，光滑的石井欄，高大的皂莢樹，紫紅的桑椹；也不必說鳴蟬在樹葉裏長吟，肥胖的黃蜂伏在菜花上，輕捷的叫天子（雲雀）忽然從草間直竄向雲霄裏去了。單是周圍的短短的泥牆根一帶，就有無限趣味。③ 油蛉在這裏低唱，蟋蟀們在這裏彈琴。翻開斷磚來，有時會遇見蜈蚣；還有斑蝥，倘若用手指按住它的脊樑，便會拍的一聲，從後竅噴出一陣煙霧。何首烏藤和木蓮藤纏絡着，木蓮有蓮房一般的果實，何首烏有臃腫的根。有人說，何首烏根是有像人形的，吃了便可以成仙，我於是常常拔它起來，牽連不斷地拔起來，也曾因此弄壞了泥牆，卻從來沒有見過有一塊根像人樣。如果不怕刺，還可以摘到覆盆子，④ 像小珊瑚珠

① 介紹百草園的背景。

② 百草園的特點。

③ 擬人。

④ 比喻。

▲ 本段有兩組關聯詞：

不必說……也不必說……；
單是……就……

關聯詞就是把意義有密切聯繫（如轉折關係、假設關係、條件關係等）的句子連在一起的詞語。

● 本段所寫的景物共有 14 種。

植物：菜畦、皂莢樹、桑椹、何首烏、木蓮、覆盆子

（菜畦 ⇨ 石井欄 ⇨ 皂莢樹、桑椹

小魯迅的觀察視線從低往高，觀察的順序感出來了。）

我們不禁讚歎：百草園是一個多麼生機盎然的園子呀！

攢成的小球，⑤ <u>又酸又甜，色味都比桑椹要好</u><u>得遠。</u>

　　長的草裏是不去的，因為相傳這園裏有一條很大的赤練蛇。

　　長媽媽曾經講給我一個故事聽：先前，有一個讀書人住在古廟裏用功，晚間，在院子裏納涼的時候，突然聽到有人在叫他。答應着，四面看時，卻見一個美女的臉露在牆頭上，向他一笑，隱去了。他很高興；但竟給那走來和他夜談的老和尚識破了機關。說他臉上有些妖氣，一定遇見「美女蛇」了；這是人首蛇身的怪物，能喚人名，倘一答應，夜間便要來吃這人的肉的。他自然嚇得要死，而那老和尚卻道無妨，給他一個小盒子，說只要放在枕邊，便可高枕而臥。他雖然照樣辦，卻總是睡不着，── 當然睡不着的。到半夜，果然來了，沙沙沙！門外像是風雨聲。他正抖作一團時，卻聽得豁的一聲，一道金光從枕邊飛出，外面便甚麼聲音也沒有了，那金光也就飛回來，斂在盒子裏。後來呢？後來，老和尚說，這是飛蜈蚣，它能吸蛇的腦髓，美女蛇就被它治死了。

　　結末的教訓是：所以倘有陌生的聲音叫你的名字，你萬萬不可答應他。

動物、昆蟲：鳴蟬、黃蜂、叫天子（雲雀）、油蛉、蟋蟀、蜈蚣、斑蝥

（樹葉裏的鳴蟬 ⇨ 菜花上的黃蜂 ⇨ 直竄向雲霄裏的叫天子

小魯迅的觀察視線又從高往低。可見他觀察百草園，觀察得非常細緻。）

靜物：石井欄

⑤ 這裏寫覆盆子，調動了視覺、味覺。我們可以調動「五感」來寫作。「五感」是指視覺、聽覺、嗅覺、味覺和觸覺

寫美女蛇的故事，運用了插敍的手法。

這故事很使我覺得做人之險，夏夜乘涼，往往有些擔心，不敢去看牆上，而且極想得到一盒老和尚那樣的飛蜈蚣。走到百草園的草叢旁邊時，也常常這樣想。但直到現在，總還沒有得到，⑥ <u>但也沒有遇見過赤練蛇和美女蛇。叫我名字的陌生聲音自然是常有的，然而都不是美女蛇。</u>

冬天的百草園比較的無味；雪一下，可就兩樣了。拍雪人（將自己的全形印在雪上）和塑雪羅漢需要人們鑑賞，這是荒園，人跡罕至，所以不相宜，只好來捕鳥。薄薄的雪，是不行的；總須積雪蓋了地面一兩天，鳥雀們久已無處覓食的時候才好。掃開一塊雪，露出地面，用一支短棒支起一面大的竹篩來，下面撒些秕穀，棒上繫一條長繩，人遠遠地牽着，看鳥雀下來啄食，走到竹篩底下的時候，將繩子一拉，便罩住了。但所得的是麻雀居多，也有白頰的「張飛鳥」，性子很躁，養不過夜的。

這是閏土的父親所傳授的方法，我卻不大能用。明明見它們進去了，拉了繩，跑去一看，卻甚麼都沒有，費了半天力，捉住的不過三四隻。⑦ 閏土的父親是小半天便能捕獲幾十隻，裝在叉袋裏叫着撞着的。我曾經問他得失的緣由，他只靜靜地笑道：你太性

⑥ 這種既害怕又惦記的情感，挺矛盾的。

▲ 雪地捕鳥的動作可以稱為「八連環」

掃 → 支 → 撒
　　　　　　↓
罩　八連環　繫
↑　　　　　　↓
拉 ← 看 ← 牽

⑦ 小魯迅與閏土父親的**對比**

急，來不及等它走到中間去。

我不知道為甚麼家裏的人要將我送進書塾裏去了，而且還是全城中稱為最嚴厲的書塾。也許是因為拔何首烏毀了泥牆罷，也許是因為將磚頭拋到間壁的梁家去了罷，也許是因為站在石井欄上跳了下來罷……都無從知道。總而言之：我將不能常到百草園了。Ade，我的蟋蟀們！Ade，我的覆盆子們和木蓮們！……

孩子的性急活潑
捕鳥：好玩的遊戲

VS.

中年人的不急不躁
捕鳥：謀生的手段

全文結構圖梳理如下：

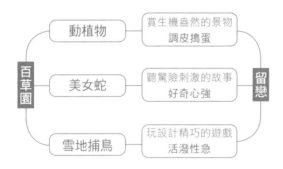

我們還可以一起來朗讀一下，希望本文能給大家留下深刻的印象。

仿寫

「不必說……也不說……」；「單是……就……」

所謂『**讀進去，寫出來**』。我們可以從本文學習寫作。

仿選材	寫童年的樂園
仿寫法	用分類遞進法詳細寫景物
仿語言	豐富生動的修飾詞

首先我們可以仿選材：寫童年的樂園或者樂趣。小魯迅的樂園是百草園，本章開頭大家也聊了自己的童年樂園，和你們在其中發掘的樂趣。

我們還可以仿本文用到的寫景方法：有序觀察、五感描寫、景中有人……

方法太多了，好像學不過來啊？

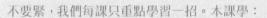

不要緊，我們每課只重點學習一招。本課學：

關聯詞：不必說……也不必說……；

單是……就……

魯迅例句回顧：

不必說碧綠的菜畦，光滑的石井欄，高大的皂莢樹，紫紅的桑椹；也不必說鳴蟬在樹葉裏長吟，肥胖的黃蜂

伏在菜花上，輕捷的叫天子（雲雀）忽然從草間直竄向雲霄裏去了。單是周圍的短短的泥牆根一帶，就有無限趣味。

效果

　　用分類遞進法全面介紹某一內容。**故作謙虛**，實則有一種**很「高級」的炫耀感**。

　　這一招不僅可以運用於寫景文，寫人、寫物文也可以使用。

同學們的運用示例

●寫鄉村美景：

　　不必說古老的**木房**，乾枯的**石井**，茂密的**枇杷樹**，橙黃的**橘子園**；也不必說敏捷的**蜻蜓**在樹葉間穿梭，優雅的**蝴蝶**停在**桂花**上，膽小的**兔子**蹦蹦跳跳。單是木屋邊上的那片**小林子**，就有無限風光。**知了**在樹上鳴叫，**螞蟻們**在地上忙碌。翻開一塊泥土，有時能看見**蚯蚓**在緊張地蠕動。萬一它不小心被斷成兩截，還能再生呢！**竹葉**與**松針**交錯着。竹葉有着扁長的外形，松針如牙籤般細長。葉與葉之間，往往有幾隻小蜘蛛正忙碌地結網。

- 寫難忘的回憶：

　　中一到中三這三年，不必說幾次暑期**旅行**，增長了見識，也不必說參加各種**比賽**，挑戰自我，單是和同學好友的各種**遊戲**，就有無限回憶。

- 寫難忘的旅行：

　　不必說去國外感受異域風情，也不必說在國內領略**大好河山**，單是回到**鄉下外婆家**，就有無限驚喜。

　　去年去泰國曼谷的旅行讓我回味至今。不必說當地美妙的**自然風光**，也不必說特別的**人文建築**，單是當地的**特色美食**，就有無限驚喜。

- 寫「我的玩具」

　　不必說聲光電效果炫酷的**一波玩具**，也不必說「殺」時間、價格貴的**一波玩具**，單是**自己動手製作的**小玩具，就有無限趣味

　　這套超人迪加手辦讓我愛不釋手，不必說幾款聲光電效果炫酷的**武器**，也不必說幾個機關巧妙的超人迪加**變身器**，單是種類繁多的超人迪加**卡片**，就有無限趣味。

- 寫「我的班級」

　　不必說**學習成績好**的一波人，也不必說**文藝才能多**的
一波人，單是**體育能力強**的一波人，就給班級帶來很多
榮譽。

　　另外，魯迅這篇文章運用了豐富生動的修飾詞，我們可以回
顧原文，進行學習。

寫顏色	碧綠、紫紅
寫形態	高大、肥胖、輕捷、小珊瑚珠攢成的小球
寫動作	伏、直竄、噴、纏絡
寫聲音	長吟、低唱、彈琴、拍的一聲
寫味道	又酸又甜

　　小魯迅為甚麼告別百草園？是因為要去上書塾。其實不管他小時候有沒有調皮搗蛋，他終歸都要離開百草園的。

　　百草園裏有他天真爛漫的一些樂趣，三味書屋裏有他學習成長的一些樂趣；百草園代表他自然的狀態，三味書屋代表他投入社會的狀態。人是必然要成長的，所以小魯迅必須要告別自己的百草園，來到三味書屋。

　　接下來大家可以品讀一下。將上文與下文進行對比。

天真爛漫之樂	學習成長之樂
看雲雀 捉斑蝥 拔何首烏根 想見美女蛇 雪地捕鳥 從石井欄跳下	課業精進 與同學玩耍 胡亂讀書 欣賞先生 偷偷遊戲

請注意下文值得仿寫的點：

仿選材	寫學校的樂事 / 老師
仿寫法	從多角度寫人物
仿語言	精煉傳神的動詞

從百草園到三味書屋（節選）

出門向東，不上半里，走過一道石橋，便是我的先生的家了。從一扇黑油的竹門進去，第三間是書房。中間掛着一塊匾道：三味書屋；匾下面是一幅畫，畫着一隻很肥大的梅花鹿伏在古樹下。沒有孔子牌位，我們便對着那匾和鹿行禮。第一次算是拜孔子，第二次算是拜先生。

第二次行禮時，先生便和藹地在一旁答禮。他是一個高而瘦的老人，鬚髮都花白了，還戴着大眼鏡。我對他很恭敬，因為我早聽到，他是本城中極方正，質樸，博學的人。

不知從那裏聽來的，東方朔也很淵博，他認識一種蟲，名曰「怪哉」，冤氣所化，用酒一澆，就消釋了。我很想詳細地知道這故事，但阿長是不知道的，因為她畢竟不淵博。現在得到機會了，可以問先生。

「先生，『怪哉』這蟲，是怎麼一回事？」我上了生書，將要退下來的時候，趕忙問。

「不知道！」他似乎很不高興，臉上還有怒色了。

我才知道做學生是不應該問這些事的，只要讀書，因為他是淵博的宿儒，決不至於不知道，所謂不知道者，乃是不願意說。年紀比我大的人，往往如此，我遇見過好幾回了。

我就只讀書，正午習字，晚上對課。先生最初這幾天對我很嚴厲，後來卻好起來了，不過給我讀的書漸漸加多，對課也漸漸地加上字去，從三言到五言，終於到七言了。

三味書屋後面也有一個園，雖然小，但在那裏也可以爬上花壇去折臘梅花，在地上或桂花樹上尋蟬蛻。最好的工作是捉了

蒼蠅餵螞蟻，靜悄悄地沒有聲音。然而同窗們到園裏的太多，太久，可就不行了，先生在書房裏便大叫起來：

「人都到那裏去了！」

人們便一個一個陸續走回去；一同回去，也不行的。他有一條戒尺，但是不常用，也有罰跪的規則，但也不常用，普通總不過瞪幾眼，大聲道：

「讀書！」

於是大家放開喉嚨讀一陣書，真是人聲鼎沸。有唸「仁遠乎哉我欲仁斯仁至矣」的，有唸「笑人齒缺曰狗竇大開」的，有唸「上九潛龍勿用」的，有唸「厥土下上上錯厥貢苞茅橘柚」的……先生自己也唸書。後來，我們的聲音便低下去，靜下去了，只有他還大聲朗讀着：

「鐵如意，指揮倜儻，一坐皆驚呢；金叵羅，顛倒淋漓噫，千杯未醉呵……」

我疑心這是極好的文章，因為讀到這裏，他總是微笑起來，而且將頭仰起，搖着，向後面拗過去，拗過去。

先生讀書入神的時候，於我們是很相宜的。有幾個便用紙糊的盔甲套在指甲上做戲。我是畫畫兒，用一種叫作「荊川紙」的，蒙在小說的繡像上一個個描下來，像習字時候的影寫一樣。讀的書多起來，畫的畫也多起來；書沒有讀成，畫的成績卻不少了，最成片段的是《蕩寇志》和《西遊記》的繡像，都有一大本。後來，因為要錢用，賣給一個有錢的同窗了。他的父親是開錫箔店的；聽說現在自己已經做了店主，而且快要升到紳士的地位了。這東西早已沒有了吧。

那夜的好豆——

《社戲》裏的偷羅漢豆

開啟本章的閱讀之前，我想問問大家，對於「偷」這個字，大家有甚麼感覺？

 「偷」是一種不好的行為。

說得對！

 看到「偷」就想到了小偷偷東西，壞人厚顏無恥。

 想到月黑風高的晚上……

 社會壓力過大，道德淪喪……

古時候，人們把小偷叫作「樑上君子」。因為小偷躲在別人的房樑上，隨時準備偷拿別人的東西。**請大家記住**：偷竊確實是一種違法犯罪行為，小偷會受到法律的制裁，會被警察叔叔帶走。

　　那麼，本章我們要講的這篇文章非常特別。這篇文章是魯迅記敍他小時候偷羅漢豆的往事，但是他好像偷得非常之愉悅，不像我們印象中的偷，是一種非常羞恥、會被懲罰的行為。

　　關於《社戲》：

　　《社戲》是魯迅一篇自傳體短篇小說。小說從第一人稱的視角，敍述了「我」辛亥革命後兩次在北京看京戲，以及少年時代在故鄉浙江紹興的鄉村看社戲的經歷，三次經歷橫跨 20 年歲月。少年時代那次看社戲的經歷，是少年夥伴們歡愉、純真的嬉戲，在魯迅的筆下，展開一幅溫情、美好的鄉村畫卷。

通讀全篇

請大家先通讀全篇，見本書第 25–28 頁。

有三個問題：

本文是按甚麼順序寫的？

本文重點寫了哪些人物？

本文表達了怎樣的情感？

①本文是按甚麼順序寫的？

事情發展順序。

起因—經過—結果。

大家說得對！另外，這篇文章稍稍有點特別，把偷豆的過程和結果講完了以後，還講了後面發生的事情，即**後續**。

②本文重點寫了哪些人物？

阿發。

雙喜。

六一公公。

你們真棒！

③本文表達了怎樣的情感？

文中表達情感的關鍵詞句：

　　真的，一直到現在，我實在**再沒有**吃到那夜似的好豆，——**也不再**看到那夜似的好戲了。

請用一個詞形容這裏面表達的情感。

懷念。

請看全文結構示意圖：

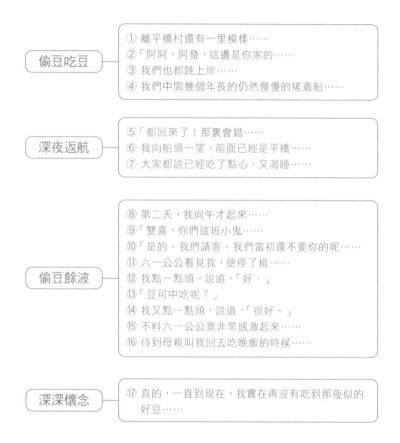

偷豆吃豆
- ① 離平橋村還有一里模樣⋯⋯
- ②「阿阿，阿發，這邊是你家的⋯⋯
- ③ 我們也都跳上岸⋯⋯
- ④ 我們中間幾個年長的仍然慢慢的搖着船⋯⋯

深夜返航
- ⑤「都回來了！那裏會錯⋯⋯
- ⑥ 我向船頭一望，前面已經是平橋⋯⋯
- ⑦ 大家都説已經吃了點心，又渴睡⋯⋯

偷豆餘波
- ⑧ 第二天，我向午才起來⋯⋯
- ⑨「雙喜，你們這班小鬼⋯⋯
- ⑩「是的。我們請客。我們當初還不要你的呢⋯⋯
- ⑪ 六一公公看見我，便停了楫⋯⋯
- ⑫ 我點一點頭，説道，「好。」
- ⑬「豆可中吃呢？」
- ⑭ 我又點一點頭，説道，「很好。」
- ⑮ 不料六一公公竟非常感激起來⋯⋯
- ⑯ 待到母親叫我回去吃晚飯的時候⋯⋯

深深懷念
- ⑰ 真的，一直到現在，我實在再沒有吃到那夜似的好豆⋯⋯

讓我們來用一句話概括全文。

　　本文描寫了小魯迅和小夥伴**偷羅漢豆的過程和後續**，刻畫了**阿發、雙喜、六一公公**等多位鄉村人物形象，表達了對童年夥伴和淳樸故鄉的**懷念**之情。

細讀品味

思考一個問題：小魯迅偷豆
為甚麼會感到快樂？

社戲（節選）

　　離 ① 平橋村還有一里模樣，船行卻慢了，搖船的都說很疲乏，因為太用力，而且許久沒有東西吃。這回想出來的是桂生，說是羅漢豆正旺相，柴火又現成，我們可以偷一點來煮吃。大家都贊成，立刻近岸停了船；岸上的田裏，烏油油的都是結實的羅漢豆。

　　「阿阿，阿發，這邊是你家的，這邊是老六一家的，我們偷那一邊的呢？」雙喜先跳下去了，在岸上說。

　　我們也都跳上岸。阿發一面跳，一面說道，「且慢，讓我來看一看罷，」他於是往來的摸了一回，直起身來說道，②「偷我們的罷，我們的大得多呢。」一聲答應，大家便散開在阿發家的豆田裏，各摘了一大捧，拋入船艙中。雙喜以為再多偷，倘給阿發的娘知道是要哭罵的，於是各人便到六一公公的田裏又各偷了一大捧。

① 故事發生的地點。

▲ 偷羅漢豆的起因：
1. 許久沒吃東西
2. 羅漢豆正旺相
　（烏油油，結實）
3. 柴火又現成

② 言語描寫體現了阿發這個人物的性格特點：純真無私。

透過《社戲》其他段落，了解魯迅筆下的平橋村：

「這時我便每年跟了我的母親住在外祖母的家裏。那地方叫平橋村，是一個離海邊不遠，極偏僻的，臨河的小村莊；住户不滿三十家，都種田，打魚，只有一家很小的雜貨店……和我一同玩的是許多小朋友，因為有了遠客，他們也都從父母那裏得了減少工作的許可，伴我來遊戲。在小村裏，一家的客，幾乎也就是公共的。」

我們中間幾個年長的仍然慢慢的搖着船，幾個到後艙去生火，年幼的和我都剝豆。不久豆熟了，便任憑航船浮在水面上，都圍起來用手撮着吃。吃完豆，又開船，一面洗器具，豆莢豆殼全拋在河水裏，甚麼痕跡也沒有了。雙喜所慮的是用了八公公船上的鹽和柴，這老頭子很細心，一定要知道，會罵的。然而大家議論之後，歸結是不怕。他如果罵，我們便要他歸還去年在岸邊拾去的一枝枯柏樹，而且當面叫他「八癩子」。

③「都回來了！那裏會錯。我原說過寫包票的！」雙喜在船頭上忽而大聲的說。

我向船頭一望，前面已經是平橋。橋腳上站着一個人，卻是我的母親，雙喜便是對伊說着話。我走出前艙去，船也就進了平橋了，停了船，我們紛紛都上岸。母親頗有些

▲ 請體會本段精煉傳神的動作描寫。

● 偷羅漢豆的結果：
1. 洗器具
2. 拋豆莢豆殼
3. 想好超級「無厘頭」的對策

③ 言語描寫體現了雙喜這個人物的性格特點：有始有終。

生氣，說是過了三更了，怎麼回來得這樣遲，但也就高興了，笑着邀大家去吃炒米。

④ 大家都說已經吃了點心，又渴睡，不如及早睡的好，各自回去了。

第二天，我向午才起來，⑤ 並沒有聽到甚麼關係八公公鹽柴事件的糾葛，下午仍然去釣蝦。

「雙喜，你們這班小鬼，昨天偷了我的豆了罷？又不肯好好的摘，踏壞了不少。」我抬頭看時，是六一公公棹着小船，賣了豆回來了，船肚裏還有剩下的一堆豆。

⑥「是的。我們請客。我們當初還不要你的呢。你看，你把我的蝦嚇跑了！」雙喜說。

六一公公看見我，便停了楫，笑道，「請客？—— 這是應該的。」於是對我說，「迅哥兒，昨天的戲可好麼？」

我點一點頭，說道，「好。」

「豆可中吃呢？」

我又點一點頭，說道，「很好。」

不料六一公公竟非常感激起來，將大拇指一翹，得意的說道，「這真是大市鎮裏出來的讀過書的人才識貨！我的豆種是粒粒挑選過的，鄉下人不識好歹，還說我的豆比不上別人的呢。我今天也要送些給我們的姑奶奶嚐嚐去……」他於是打着楫子過去了。

⑦ 待到母親叫我回去吃晚飯的時候，桌上便有一大碗煮熟了的羅漢豆，就是六一公公送給母親和我吃的。聽說他還對母親極口誇獎我，說「小小年紀便有見識，將來一定要中狀元。姑奶奶，你的福氣是可以寫包票的了」。但我吃了豆，卻並沒有昨夜的豆那麼好。

⑧ 真的，一直到現在，我實在再沒有吃到那夜似的好豆，—— 也不再看到那夜似的好戲了。

⑦ 又一次表現了六一公公熱情、大方、真誠的性格。

⑧ 結尾表達了作者的情感：深深懷念偷豆那夜所感受到的真情。

兩個「那夜似的」**重複**，起到了強調作用。

全文結構圖梳理如下：

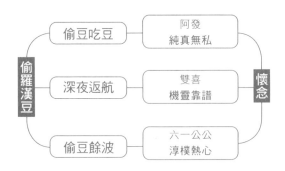

我們還可以一起來朗讀一下，希望本文能給大家留下深刻的印象。

仿寫
情節起伏、說話句

我們又要一起來「讀進去，寫出來」了！

從本文中，我們可以仿寫甚麼？

仿選材	寫和小夥伴一起幹的難忘的事
仿寫法	用情節起伏法寫事
仿語言	精練傳神的說話句

文中的多次起伏，老師帶大家梳理一下：

1. 阿發讓大家偷自家的豆；
2. 「我」的母親從生氣很快就轉為高興；
3. 八公公沒計較鹽柴的事；
4. 六一公公送豆給「我」，還直誇「我」；
5. 六一公公的豆沒那麼好吃了。

所有的這些起伏，其實都是**指向了一種情感**：真摯淳樸的鄉情。

我們還可以仿寫本文的主要**表現手法之一**：精煉傳神的說話句。

上文「細讀品味」，已經分析了很多說話句。那麼，我們來根據以下場景，練習寫說句。

場景 1：向爸爸、媽媽表達愛

場景 2：告知爸爸、媽媽考試成績

場景 3：問爸爸、媽媽要零用錢

　　這一夜的偷豆吃豆，承載了魯迅少年時代純真的樂趣。純真少年們在一起，不止偷豆吃豆。在魯迅這篇《社戲》的全文中，還寫了他們一起去看社戲的部分，大家也可以去讀一讀。

　　看社戲是小魯迅盼望已久的一次活動，在這個過程裏，他的心情有很多變化。魯迅寫看社戲這件事，寫法主要不是情節起伏法，而是用心情起伏法寫事。另外，這一部分中描寫景物的修辭非常的精煉傳神。效果是怎樣的？你不妨讀一讀下文，可以體會以下仿寫點：

仿選材	寫盼望已久的一次活動
仿寫法	用心情起伏法寫事
仿語言	精煉傳神的修辭

社戲（節選）

　　我的很重的心忽而輕鬆了，身體也似乎舒展到說不出的大。一出門，便望見月下的平橋內泊着一隻白篷的航船，大家跳下船，雙喜拔前篙，阿發拔後篙，年幼的都陪我坐在艙中，較大的聚在船尾。母親送出來吩咐「要小心」的時候，我們已經點開船，在橋石上一磕，退後幾尺，即又上前出了橋。於是架起兩支櫓，一支兩人，一里一換，有說笑的，有嚷的，夾着潺潺的船頭激水的聲音，在左右都是碧綠的豆麥田地的河流中，飛一般徑向趙莊前進了。

　　兩岸的豆麥和河底的水草所發散出來的清香，夾雜在水氣中撲面的吹來；月色便朦朧在這水氣裏。淡黑的起伏的連山，彷彿是踊躍的鐵的獸脊似的，都遠遠的向船尾跑去了，但我卻還以為船慢。他們換了四回手，漸望見依稀的趙莊，而且似乎聽到歌吹了，還有幾點火，料想便是戲台，但或者也許是漁火。

　　那聲音大概是橫笛，宛轉，悠揚，使我的心也沉靜，然而又自失起來，覺得要和他瀰散在含着豆麥蘊藻之香的夜氣裏。

　　那火接近了，果然是漁火；我才記得先前望見的也不是趙莊。那是正對船頭的一叢松柏林，我去年也曾經去遊玩過，還看見破的石馬倒在地下，一個石羊蹲在草裏呢。過了那林，船便彎進了叉港，於是趙莊便真在眼前了。

　　最惹眼的是屹立在莊外臨河的空地上的一座戲台，模胡在遠處的月夜中，和空間幾乎分不出界限，我疑心畫上見過的仙境，就在這裏出現了。這時船走得更快，不多時，在台上顯出人物來，紅紅綠綠的動，近台的河裏一望烏黑的是看戲的人家的船篷。

　　「近台沒有甚麼空了，我們遠遠的看罷。」阿發說。

　　這時船慢了，不久就到，果然近不得台旁，大家只能下了篙，比那正對戲台的神棚還要遠。其實我們這白篷的航船，本也不願意和烏篷的船在一處，而況並沒有空地呢……

　　在停船的匆忙中，看見台上有一個黑的長鬍子的背上插着四張旗，捏着長槍，和一羣赤膊的人正打仗。雙喜說，那就是有名的鐵頭老生，能連翻八十四個觔斗，他日裏親自數過的。

　　我們便都擠在船頭上看打仗，但那鐵頭老生卻又並不翻觔斗，只有幾個赤膊的人翻，翻了一陣，都進去了，接着走出一個小旦來，咿咿呀呀的唱。雙喜說，「晚上看客少，鐵頭老生也懈

了，誰肯顯本領給白地看呢？」我相信這話對，因為其時台下已經不很有人，鄉下人為了明天的工作，熬不得夜，早都睡覺去了，疏疏朗朗的站着的不過是幾十個本村和鄰村的閒漢。烏篷船裏的那些土財主的家眷固然在，然而他們也不在乎看戲，多半是專到戲台下來吃糕餅水果和瓜子的。所以簡直可以算白地。

然而我的意思卻也並不在乎看翻觔斗。我最願意看的是一個人蒙了白布，兩手在頭上捧着一支棒似的蛇頭的蛇精，其次是套了黃布衣跳老虎。但是等了許多時都不見，小旦雖然進去了，立刻又出來了一個很老的小生。我有些疲倦了，託桂生買豆漿去。他去了一刻，回來說，「沒有。賣豆漿的聾子也回去了。日裏倒有，我還喝了兩碗呢。現在去舀一瓢水來給你喝罷。」

我不喝水，支撐着仍然看，也說不出見了些甚麼，只覺得戲子的臉都漸漸的有些稀奇了，那五官漸不明顯，似乎融成一片的再沒有甚麼高低。年紀小的幾個多打呵欠了，大的也各管自己談話。忽而一個紅衫的小丑被綁在台柱子上，給一個花白鬍子的用馬鞭打起來了，大家才又振作精神的笑着看。在這一夜裏，我以為這實在要算是最好的一折。

然而老旦終於出台了。老旦本來是我所最怕的東西，尤其是怕他坐下了唱。這時候，看見大家也都很掃興，才知道他們的意見是和我一致的。那老旦當初還只是踱來踱去的唱，后來竟在中間的一把交椅上坐下了。我很擔心；雙喜他們卻就破口喃喃的罵。我忍耐的等着，許多工夫，只見那老旦將手一抬，我以為就要站起來了，不料他卻又慢慢的放下在原地方，仍舊唱。全船裏幾個人不住的吁氣，其餘的也打起哈欠來。雙喜終於熬不住了，說道，怕他會唱到天明還不完，還是我們走的好罷。大家立刻都

　　贊成，和開船時候一樣踴躍，三四人徑奔船尾，拔了篙，點退几丈，回轉船頭，駕起櫓，罵着老旦，又向那松柏林前進了。

　　月還沒有落，彷彿看戲也並不很久似的，而一離趙莊，月光又顯得格外的皎潔。回望戲台在燈火光中，卻又如初來未到時候一般，又漂渺得像一座仙山樓閣，滿被紅霞罩着了。吹到耳邊來的又是橫笛，很悠揚；我疑心老旦已經進去了，但也不好意思說再回去看。

　　不多久，松柏林早在船後了，船行也並不慢，但周圍的黑暗只是濃，可知已經到了深夜。他們一面議論着戲子，或罵，或笑，一面加緊的搖船。這一次船頭的激水聲更其響亮了，那航船，就像一條大白魚揹着一羣孩子在浪花裏躥，連夜漁的幾個老漁父，也停了艇子看着喝采起來。

溫故知新

學選材	學寫法	學語言
寫童年的樂園 寫難忘的樂事	用分類遞進法詳細寫景物 「不必說……也不必說……」 「單是……就……」 用情節起伏法寫事	豐富生動的修飾詞 精練傳神的說話句

讓我們欣賞幾篇同學們的佳作,體會其特點:
1. 分類清晰明確;
2. 列舉豐富細緻;
3. 描寫細膩生動。

寫美味食物:

中山街的海底撈

王向馨

不必說拖得白淨的地板,擦得潔白的桌子,洗得透亮的碗筷;**也不必說**那熱騰騰味道恰好的湯底,外酥裏嫩的酥肉,一口咬下去,肉香不僅在嘴裏化開,也在心裏化開。**單是**那條小食台,**就**給人無限的驚喜。

洗乾淨的水果擺在上面,有酸甜可口的車厘茄,有脆爽的芭樂,還有蘋果、李子等,都毫不遜色於主菜。這裏有琳琅滿目的

調味料，無論你是來自哪裏，無論你偏愛酸甜口味，還是鹹甜口味，還是酸辣口味……在這裏你都可以搭配出自己的口味。

寫心愛的物：

布偶拉拉的幸福生活
鄭敏昕

拉拉是我最喜歡的一個兔子形布娃娃，她的待遇可好了，我給她做了不少好東西呢！

不必說她合身漂亮的四季服飾，袖珍可愛的娃娃屋，精美碩大的首飾盒，和雅致迷你的藏寶瓶；**也不必說**超級豪華大別墅、新潮時尚小跑車、課本一應俱全的書包和可寫可擦的小黑板。**單是**我給她佈置的小牀，**就**飽含了我對她濃濃的愛。

寫難忘的事：

我學的課程
郁沐白

我學的課程可真是很有意思。**不必說**解題思路千變萬化、公式萬千的數學，一字一句都有深刻含義的文言文，千古流傳、長短不一的唐詩、宋詞、元曲；**也不必說** 5 個音區、7 個音符、21 個音符排列組合的古箏，一個個動作必須標準有力的羽毛球，

由擁有 104 個鍵的鍵盤、擁有 3 個鍵的鼠標、巨大的顯示器和矩形的機箱組成的計算機。**單是**中文、數學、英文三門課，**就**有了無限的可能。

寫情深的人：

我的班級
法則也

一想起我們班，我的嘴角總會不自覺地上揚 45 度。

不必說教室外豐富多彩的學習園地，教室內星光熠熠的光榮榜，窗台上各色芬芳的花朵，牆壁上美觀大方的書法展示；**也不必說**清晨朗朗的讀書聲，課堂上時常飄起的優美動聽的歌聲，課間走廊上飄蕩的銀鈴般的笑聲。**單是** 16 位窈窕淑女，24 位謙謙君子的故事，**就**令人無限回味。

寫特別的體驗：

遊寧波方特東方神畫主題公園
胡芷瑄

不必說色彩斑斕，富麗堂皇且能跳躍的旋轉木馬，可愛的荷葉小屋，伴隨着柔美動聽的音樂緩慢旋轉的親子摩天輪，行駛在迂迴曲折小路上各式各樣色彩斑斕的小汽車，這些小弟弟、小妹

妹可以玩；**也不必說**驚險刺激的大型遊樂項目，如搭上軌道式室內過山車，領略風馳電掣極速快感與幽冥之境的「黑暗力量」，在一個又一個詭異驚險的場景中，爆發出陣陣尖叫的「驚魂之旅」，這些適合大朋友們玩。乘坐軌道船緩緩達到最高峰，然後從高處滑下，還沒等你反應過來，水幕已劈頭蓋臉朝你湧來，你已飛躍河谷。搭載國際頂尖升降式太空梭，急速上升，又驟然停止；搭載跳樓機，周圍忽明忽暗，幽深恐怖。

單是結合各種高科技的表演項目，**就**能讓人回味無窮，印象深刻。「決戰金山寺」是融匯真人演繹、室內漂流、水幕電影等表現形式的大型表演項目，再現了白娘子金山寺怒鬥法海的場景，很是緊張刺激。

我們乘船緩緩地漂流在「西子湖畔」，白娘子喝了雄黃酒，化作白蛇，在古老的建築羣中穿梭。當她忽然消失在我們眼前，我們會緊張地尋找，再次出現在我們面前時，卻是真人裝扮的白娘子了，一虛一實的變幻，讓我們不自覺地成為了白娘子的「追隨者」。最讓人印象深刻的是最後一幕 —— 融合多種特效的水漫金山寺場景。真實的廟門，虛擬的廟堂，結合迎面而來的大型水幕，給人以沉浸式的體驗，比單純的 4D 電影要好看得多。

深度仿寫

我們來看一篇「深度仿寫」魯迅的佳作。

爺爺家的桃園

錢奕學

爺爺家有一個很大的桃園，在我小時候是我的樂園。

不必說青青的野草、光滑的水井、粉嫩的桃花、可口的桃子；也不必說蝴蝶在花叢中飛舞，母雞領着小雞們走來走去，白鵝踏着大步巡視牠的領地。單是桃樹底下，就有無限趣味。螢火蟲提着燈籠飛舞，蟋蟀們在那裏拉小提琴，撥開草叢，小心那敏捷的螞蚱蹦到你的臉上。如果不怕疼，還可以摘到漿果，像五顏六色的玻璃珠，味道酸酸甜甜，跟藍莓差不多。

奶奶曾經講了一個和陽山水蜜桃有關的故事。傳說大鬧天宮的孫悟空喝多了仙酒，昏昏欲睡，瞧見陽山有個山坡，便按下雲頭降到山坡上，在上面睡着了。在睡覺時，他從蟠桃會上帶下凡間的袋子裏滾出了兩個蟠桃，滾下山坡生根發芽，長成兩棵桃樹，便有了陽山水蜜桃。人們因此把陽山上孫大聖睡覺的山坡稱為醉臥坡。

現在我每次爬陽山，總要去醉臥坡上看看，齊天大聖當時帶來凡間的寶貝，還有甚麼沒有被發現。

夏天的桃園白天比較無趣，一到晚上可就兩樣了。爺爺、奶奶在樹下乘涼，我和我的小夥伴滿園子地捉螢火蟲。先拿着網兜，再悄悄地走過去，然後猛的扣住，最後把螢火蟲弄進瓶子裏，晚上吊在蚊帳上，一閃一閃，甚是好看。

我不知道為甚麼，家裏人要將我送到城裏上小學，也許是因為趕雞導致雞晚上不下蛋了，也許是因為把打水的木桶掉到水井裏去了，也許是因為擰開瓶子將螢火蟲放得滿屋子都是了……總而言之，我將不能經常在桃園裏玩耍了，只是每年夏天會吃到爺爺帶過來的水蜜桃。

Bye，我的螢火蟲，Bye，我的漿果和小草們。

仿寫可以仿甚麼？

1 仿選材　　2 仿寫法

3 仿語言　　✘ 仿內容

奕學媽媽的點評：

初次嘗試仿寫，奕學只在**動筆前，糾結了一會兒**寫甚麼比較好。想寫最近的奧運會，又想寫懷念剛剛畢業的同學們，還想寫自己心愛的超人迪加卡片。我覺得這是好現象，**和以前寫作文動筆前覺得沒有內容可寫，形成了鮮明的對比**。

　　在寫的過程中也沒有請教我，而是一氣呵成。我想這樣的進步，要歸功於老師細緻的講解，以及給了孩子明確的框架與方向。等奕學寫完，通讀下來，媽媽不禁也懷念起自己小時候與小夥伴玩耍時的情景。

　　孩子的文章多了一種情懷。這絕對是好的開始，希望以後寫作文時，可以學以致用，那作為媽媽，我也有一份成就感。

延伸閱讀：《五猖會》

五猖會（節選）

　　要到東關看五猖會去了。這是我兒時所罕逢的一件盛事，因為那會是全縣中最盛的會，東關又是離我家很遠的地方，出城還有六十多里水路，在那裏有兩座特別的廟。一是梅姑廟，就是《聊齋志異》所記，室女守節，死後成神，卻篡取別人的丈夫的；現在神座上確塑着一對少年男女，眉開眼笑，殊與「禮教」有妨。其一便是五猖廟了，名目就奇特。據有考據癖的人說：這就是五通神。然而也並無確據。神像是五個男人，也不見有甚麼猖獗之狀；後面列坐着五位太太，卻並不「分坐」，遠不及北京戲園裏界限之謹嚴。其實呢，這也是殊與「禮教」有妨的，──但他們既然是五猖，便也無法可想，而且自然也就「又作別論」了。

　　因為東關離城遠，大清早大家就起來。昨夜預定好的三道明瓦窗的大船，已經泊在河埠頭，船椅、飯菜、茶炊、點心盒子，都在陸續搬下去了。我笑着跳着，催他們要搬得快。忽然，工人的臉色很謹肅了，我知道有些蹊蹺，四面一看，父親就站在我背後。

　　「去拿你的書來。」他慢慢地說。

　　這所謂「書」，是指我開蒙時候所讀的《鑒略》。因為我再沒有第二本了。我們那裏上學的歲數是多揀單數的，所以這使我記住我其時是七歲。

　　我忐忑着，拿了書來了。他使我同坐在堂中央的桌子前，教我一句一句地讀下去。我擔着心，一句一句地讀下去。

　　兩句一行，大約讀了二三十行罷，他說：──

　　「給我讀熟。背不出，就不准去看會。」

　　他說完，便站起來，走進房裏去了。

　　我似乎從頭上澆了一盆冷水。但是，有甚麼法子呢？自然是讀着，讀着，強記着，—— 而且要背出來。

　　粵自盤古，生於太荒，

　　首出御世，肇開混茫。

　　就是這樣的書，我現在只記得前四句，別的都忘卻了；那時所強記的二三十行，自然也一齊忘卻在裏面了。記得那時聽人說，讀《鑑略》比讀《千字文》《百家姓》有用得多，因為可以知道從古到今的大概，那當然是很好的，然而我一字也不懂。「粵自盤古」就是「粵自盤古」，讀下去，記住它，「粵自盤古」呵！「生於太荒」呵！……

　　應用的物件已經搬完，家中由忙亂轉成靜肅了。朝陽照着西牆，天氣很清朗。母親、工人、長媽媽即阿長，都無法營救，只默默地靜候着我讀熟，而且背出來。在百靜中，我似乎頭裏要伸出許多鐵鉗，將甚麼「生於太荒」之流夾住；也聽到自己急急誦讀的聲音發着抖，彷彿深秋的蟋蟀，在夜中鳴叫似的。

　　他們都等候着；太陽也升得更高了。

　　我忽然似乎已經很有把握，便即站了起來，拿書走進父親的書房，一氣背將下去，夢似的就背完了。

　　「不錯。去罷。」父親點着頭，說。

　　大家同時活動起來，臉上都露出笑容，向河埠走去。工人將我高高地抱起，彷彿在祝賀我的成功一般，快步走在最前頭。

　　我卻並沒有他們那麼高興。開船以後，水路中的風景，盒子裏的點心，以及到了東關的五猖會的熱鬧，對於我似乎都沒有甚麼大意思。

　　直到現在，別的完全忘卻，不留一點痕跡了，只有背誦《鑒略》這一段，卻還分明如昨日事。

　　我至今一想起，還詫異我的父親何以要在那時候叫我來背書。

　　關於《五猖會》：

　　《五猖會》是魯迅《朝花夕拾》裏的一篇散文，既然是散文，它就是真實發生過的。五猖會是一種民間的盛會，用來祈求風調雨順等等。

　　結合本書之前講的魯迅的文章，填一填。

公佈答案：

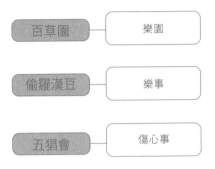

百草園	→	樂園
偷羅漢豆	→	樂事
五猖會	→	傷心事

童年不只有高興的事，還有不高興的事，這才是童年。

行文梳理

通讀全篇後，我們來思考三個問題：

本文按照甚麼順序，寫了甚麼事？

本文主要寫了甚麼內容？

本文表達了怎樣的情感？

①本文按照甚麼順序，寫了甚麼事？

請大家畫出關鍵詞句，並填一填：

事情發展順序

看五猖會：＿＿＿＿ ⇨ ＿＿＿＿ ⇨ ＿＿＿＿

公佈答案:

看五猖會:　計劃　⇨　插曲　⇨　成行

這三部分中,文章着重寫的是哪部分?

是「插曲」部分。

讓我們用一句話概括全文:

本文按照**事情發展**順序,回憶了**去看五猖會前「我」突然被父親要求背書**的事,表達了對父親做法的**質疑**。

②本文主要寫了甚麼內容?

文中寫了三類人物:父親、小魯迅、周圍的人。

讓我們從文中找出關鍵詞句,梳理全過程。留意其中的細節描寫。

過程	父親	小魯迅	周圍人
準備出發		我**笑着跳着**，催他們要搬得快	**大清早**大家就起來。
父親教書	「去拿你的書來。」他**慢慢地**說。教我**一句一句**地讀下去。	我**忐忑着**，拿了書來了。我**擔着心**，一句一句地讀下去。	工人的臉色很**謹肅**了。
要求背書	「給我讀熟。**背不出，就不准去看會。**」他說完，便**站起來**，走進房裏去了。	讀着，讀着，**強記着**，——而且要背出來。然而我一字也**不懂**。**讀下去，記住它**。	母親、工人、長媽媽即阿長，都無法營救，只**默默地靜候**着……
終於背完	「不錯。**去罷。**」父親**點着頭**，說。	我忽然似乎已經很有把握……**一氣背**將下去，**夢似的就**背完了。	大家同時**活動**起來，臉上都露出**笑容**……工人將我**高高地抱起**，彷彿在祝賀我的成功一般，**快步走在最前頭**。

③本文表達了怎樣的情感？

　　讓我們找出文中表示小魯迅去看五猖會之前心情變化的關鍵詞句。

　　　　我**笑着跳着**，催他們要搬得快。
　　　　我**忐忑着**，拿了書來了……我**擔着心**，……
　　　　我似乎從頭上澆了**一盆冷水**。
　　　　夢似的就背完了。

小魯迅的心情變化:

歡樂 ⇨ 忐忑 ⇨ 崩潰 ⇨ 茫然

小魯迅真的看到五猖會了,心情又如何呢?我們也從文中找一找關鍵詞句。

我卻**並沒有他們那麼高興**。開船以後,水路中的**風景**,盒子裏的**點心**,以及到了東關的**五猖會的熱鬧**,對於我似乎**都沒有甚麼大意思**。

文中這件事對小魯迅有怎樣的後續影響?

我至今一想起,還**詫異**我的父親何以要在那時候叫我來背書。

直到現在,**別的完全忘卻**,不留一點痕跡了,只有背誦《鑒略》這一段,卻還**分明如昨日事**。

表達了小魯迅對他父親的**質疑**之情。

一起來學一學魯迅在本文使用的修辭。

我似乎從頭上澆了一盆冷水。

在百靜中,我似乎頭裏要伸出許多**鐵鉗**,將甚麼「生於太荒」之流夾住。

也聽到自己急急誦讀的聲音發着抖，彷彿深秋的**蟋蟀**，在夜中鳴叫似的。

好，我們可以梳理全書結構圖，體會文章表達的情感。

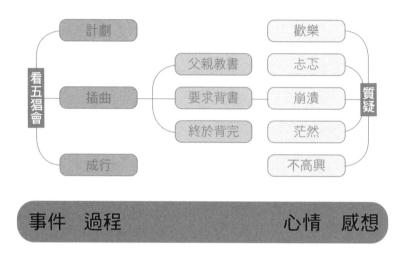

我們還可以一起來朗讀一下，希望本文能給大家留下深刻的印象。

仿寫

「主角 + 配角」結構、心情修辭

仿選材	寫盼望已久的一次活動
仿寫法	用「主角 + 配角」結構寫事
仿語言	精練傳神的心情修辭

> 字裏行間,我們可以感受到魯迅對這次活動滿滿的盼望。你有沒有這樣盼望過甚麼活動呢?

　　要到東關看五猖會去了。這是我兒時所**罕逢的一件盛事**,因為那會是全縣中**最盛的會**,東關又是離我家**很遠的地方**,出城還有六十多里水路,在那裏有兩座特別的廟。

本文的人物設置分為主角、配角,層次多樣,也是值得我們學習的。

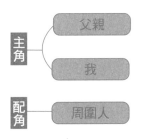

《五猖會》是 1926 年的時候寫的。魯迅當時遇到了方方面面的困境,同一時期,他也寫了如《從百草園到三味書書屋》、《父

親的病》等回憶童年、少年時代的文章。本文所寫的背書的故事，也是他與父親相處的一段難忘回憶。

　　所以，說本文是魯迅對他父親教育方式的一次強烈批判，老師並不太認同。有的時候，我們解讀魯迅的作品，意識形態色彩非常濃烈。

　　我認為，魯迅這篇文章，雖然表現了他對父親教育方式的一種質疑，但同時，帶着一種溫和的回憶色彩，帶着對父親的懷念。

讀一讀，感受以下仿寫點：

仿選材	寫自己超級期待的盛会
仿寫法	接連三次用「感受法」寫事
仿語言	精練準確的總結詞

五猖會（節選）

　　孩子們所盼望的，過年過節之外，大概要數迎神賽會的時候了。但我家的所在很偏僻，待到賽會的行列經過時，一定已在下午，儀仗之類，也減而又減，所剩的極其寥寥。往往伸着頸子等候多時，卻只見十幾個人抬着一個金臉或藍臉紅臉的神像匆匆地跑過去。於是，完了。

　　我常存着這樣的一個希望：這一次所見的賽會，比前一次繁盛些。可是結果總是一個「差不多」；也總是只留下一個紀念品，就是當神像還未抬過之前，化一文錢買下的，用一點爛泥，一點顏色紙，一枝竹籤和兩三枝雞毛所做的，吹起來會發出一種刺耳的聲音的哨子，叫作「吹都都」的，吡吡地吹它兩三天。

　　現在看看《陶庵夢憶》，覺得那時的賽會，真是豪奢極了，雖然明人的文章，怕難免有些誇大。因為禱雨而迎龍王，現在也還有的，但辦法卻已經很簡單，不過是十多人盤旋着一條龍，以及村童們扮些海鬼。那時卻還要扮故事，而且實在奇拔得可觀。

他記扮《水滸傳》中人物云：「……於是分頭四出，尋黑矮漢，尋梢長大漢，尋頭陀，尋胖大和尚，尋茁壯婦人，尋姣長婦人，尋青面，尋歪頭，尋赤鬚，尋美髯，尋黑大漢，尋赤臉長鬚。大索城中；無，則之郭，之村，之山僻，之鄰府州縣。用重價聘之，得三十六人，梁山泊好漢，個個呵活，臻臻至至，人馬稱娖而行……」這樣的白描的活古人，誰能不動一看的雅興呢？可惜這種盛舉，早已和明社一同消滅了。

　　賽會雖然不像現在上海的旗袍，北京的談國事，為當局所禁止，然而婦孺們是不許看的，讀書人即所謂士子，也大抵不肯趕去看。只有遊手好閒的閒人，這才跑到廟前或衙門前去看熱鬧；我關於賽會的知識，多半是從他們的敍述上得來的，並非考據家所貴重的「眼學」。然而記得有一回，也親見過較盛的賽會。開首是一個孩子騎馬先來，稱為「塘報」；過了許久，「高照」到了，長竹竿揭起一條很長的旗，一個汗流浹背的胖大漢用兩手托着；他高興的時候，就肯將竿頭放在頭頂或牙齒上，甚而至於鼻尖。其次是所謂「高蹺」、「抬閣」、「馬頭」了；還有扮犯人的，紅衣枷鎖，內中也有孩子。我那時覺得這些都是有光榮的事業，與聞其事的即全是大有運氣的人，——大概羨慕他們的出風頭罷。我想，我為甚麼不生一場重病，使我的母親也好到廟裏去許下一個「扮犯人」的心願的呢？……然而我到現在終於沒有和賽會發生關係過。

刺猹捕鳥的同伴——
《故鄉》裏的少年閏土

　　本章我們要來講魯迅筆下非常經典的一個人物形象 —— 少年閏土。

　　少年魯迅也有一個好夥伴 —— 少年閏土。在本章的學習中，讓我們思考：少年魯迅為甚麼喜歡他？

關於《故鄉》和閏土：

1919 年 12 月，魯迅從北京回到故鄉**浙江紹興**，他這次回鄉，是要賣掉家族的故宅，帶着母親、三弟等舉家遷居北京。農民章閏水是魯迅幼年的玩伴，魯迅這次歸鄉，章閏水特地從海邊的農村進城，與魯迅相見。

魯迅從這次回鄉經歷取材，創作了小說《故鄉》。小說《故鄉》中「閏土」這個雋永的人物形象，原型就是章閏水。

通讀全篇

請大家先通讀全篇，見本書第 63−66 頁。

有三個問題：

本文是按甚麼順序寫的？

閏土給小魯迅講了哪些事？

閏土是個怎樣的孩子？

①本文是按甚麼順序寫的？

事情發展順序。

說得對。本文寫的事情，就是小魯迅和閏土友誼的發展。具體的過程是甚麼樣子的？大家可以概括成三個詞嗎？

● ● ●

公佈答案：

與閏土的**相識** ⇨ **相處** ⇨ **分別**

②閏土給小魯迅講了哪些事？

我們試試看，用概括性的語句説出來。

雪天捕鳥。

海邊拾貝。

瓜地刺猹。

沙地看魚。

大家真棒！

③閏土是個怎樣的孩子？

讀完文章，大家用一些詞來總結一下閏土的特點。

健康

聰明

閏土

勇敢

見識廣

我們來用一句話來概括全文。

本文按照**事情發展**順序，回憶了「我」與閏土的**相識**、**相處**和**分別**，刻畫了一個**健康**、**聰明**、**勇敢**、**見識廣**的農村少年形象，表達了「我」對少年閏土的**懷念**之情。

細讀品味

故鄉（節選）

這時候，我的腦裏忽然閃出一幅神異的圖畫來：深藍的天空中掛着一輪金黃的圓月，下面是海邊的沙地，都種着一望無際的碧綠的西瓜，其間有一個十一二歲的少年，項帶銀圈，手捏一柄鋼叉，向一匹猹盡力的刺去，那猹卻將身一扭，反從他的胯下逃走了。

這少年便是閏土。我認識他時，也不過十多歲，離現在將有三十年了；那時我的父親還在世，家景也好，我正是一個少爺。那一年，我家是一件大祭祀的值年。這祭祀，說是三十多年才能輪到一回，所以很鄭重；正月裏供祖像，供品很多，祭器很講究，拜的人也很多，祭器也很要防偷去。我家只有一個忙月（我們這裏給人做工的分三種：整年給一定人家做工的叫長工；按日給人做工的叫短工；自己也種地，只在過年過節以及收租時候來給一定的人家做工的稱忙月），忙不過來，他便對父親說，可以叫他的兒子閏土來管祭器的。

我的父親允許了；我也很高興，因為我

▲ 連用 3 個表示顏色的詞。

● 連用 5 個寫閏土動作的詞。

簡練的語言，寫出了清晰的畫面，已成經典。我們可以想象一下。

早聽到閏土這名字，而且知道他和我彷彿年紀，閏月生的，五行缺土，所以他的父親叫他閏土。他是能裝弶捉小鳥雀的。

我於是日日盼望新年，新年到，閏土也就到了。好容易到了年末，有一日，母親告訴我，閏土來了，我便飛跑的去看。他正在廚房裏，①<u>紫色的圓臉，頭戴一頂小氈帽，頸上套一個明晃晃的銀項圈</u>，這可見他的父親十分愛他，怕他死去，所以在神佛面前許下願心，用圈子將他套住了。他見人很怕羞，只是不怕我，沒有旁人的時候，便和我說話，於是不到半日，我們便熟識了。

我們那時候不知道談些甚麼，只記得閏土很高興，說是上城之後，見了許多沒有見過的東西。

第二日，我便要他捕鳥。他說：

「這不能。須大雪下了才好。我們沙地上，下了雪，我掃出一塊空地來，用短棒支起一個大竹匾，撒下秕穀，看鳥雀來吃時，我遠遠地將縛在棒上的繩子只一拉，那鳥雀就罩在竹匾下了。甚麼都有：稻雞，角雞，鵓鴣，藍背⋯⋯」

我於是又很盼望下雪。

閏土又對我說：

① 魯迅對閏土的外貌沒有多寫。臉部只寫了臉，並沒有寫眼睛、眉毛、鼻子、嘴分別是甚麼樣子。寫他的衣着也就寫了氈帽和項圈。但是抓住了**特點**，效果很傳神。

▲「雪天捕鳥」總共七個步驟。這些寫「雪地捕鳥」動作的詞，把動作寫得豐富具體，簡練傳神。

「現在太冷，② 你夏天到我們這裏來。我們日裏到海邊撿貝殼去，紅的綠的都有，鬼見怕也有，觀音手也有。晚上我和爹管西瓜去，你也去。」

「管賊麼？」

「不是。走路的人口渴了摘一個瓜吃，我們這裏是不算偷的。要管的是獾豬，刺蝟，猹。月亮底下，你聽，啦啦的響了，猹在咬瓜了。你便捏了胡叉，輕輕地走去……」

我那時並不知道這所謂猹的是怎麼一件東西 —— 便是現在也沒有知道 —— 只是無端的覺得狀如小狗而很兇猛。

「他不咬人麼？」

「有胡叉呢。走到了，看見猹了，你便刺。這畜生很伶俐，倒向你奔來，反從胯下竄了。他的皮毛是油一般的滑……」

③ 我素不知道天下有這許多新鮮事：海邊有如許五色的貝殼；西瓜有這樣危險的經歷，我先前單知道他在水果店裏出賣罷了。

「我們沙地裏，潮汛要來的時候，就有許多跳魚兒只是跳，都有青蛙似的兩個腳……」

阿！閏土的心裏有無窮無盡的希奇的事，都是我往常的朋友所不知道的。他們不

② 下雪天可以捕鳥，而夏天可以去海邊拾貝殼，真是不同季節有不同的樂趣！

● 字裏行間的描述，是不是讓你我跟小魯迅一樣，對「瓜地刺猹」的活動充滿了期待和想像呢？

③ 聽小閏土講過瓜地刺猹的故事，小魯迅有這樣的感慨。今天的你我，會否有共鳴呢？

知道一些事，閏土在海邊時，④ 他們都和我一樣只看見院子裏高牆上的四角的天空。

　　可惜正月過去了，閏土須回家裏去，我急得大哭，他也躲到廚房裏，哭着不肯出門，但終於被他父親帶走了。他後來還託他的父親帶給我一包貝殼和幾支很好看的鳥毛，我也曾送他一兩次東西，但從此沒有再見面。

④

大家可以用一個成語來概括：城裏的少爺們就像＿＿＿＿＿。

井底之蛙！

你成語學得不錯。

全文結構圖梳理如下：

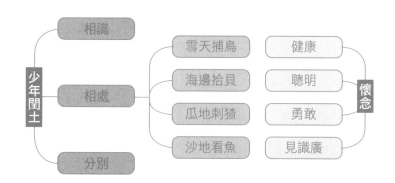

人物　　　　　事件　　　　　　特點　情感

　　我們還可以一起來朗讀一下，希望本文能給大家留下深刻的印象。

我們來重點分析一下，本文用了哪些**人物描寫方法**來刻畫閏士的形象？

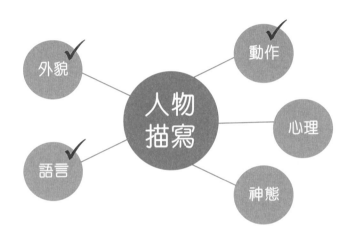

本文外貌描寫舉例：

他正在廚房裏，紫色的圓臉，頭戴一頂小氈帽，頸上套一個明晃晃的銀項圈。

這段描寫體現了閏士健康的特點。

本文動作描寫舉例：

其間有一個十一二歲的少年，項帶銀圈，手捏一柄鋼叉，向一匹猹盡力的刺去，那猹卻將身一扭，反從他的胯下逃走了。

這段描寫體現了閏土勇敢的特點。

本文語言描寫舉例：

「我們沙地上，下了雪，我掃出一塊空地來，用短棒支起一個大竹匾，撒下秕穀，看鳥雀來吃時，我遠遠地將縛在棒上的繩子只一拉，那鳥雀就罩在竹匾下了。」

這段描寫體現了閏土聰明的特點。

「現在太冷，你夏天到我們這裏來。我們日裏到海邊撿貝殼去，紅的綠的都有，鬼見怕也有，觀音手也有。」

這段描寫體現了閏土見識廣的特點。

由此，我們來講本課的仿寫點：白描。

「白描」本是中國畫技法，運用到寫作中，指用平實簡練的文字，不加渲染烘托，描畫出生動、鮮明形象的寫作手法。

舉例說明：

白描 vs. 細描

白描景物： 深藍的天空中掛着一輪金黃的圓月，下面是海邊的沙地，都種着一望無際的碧綠的西瓜。	細描景物： 最妙的是下點小雪呀。看吧，山上的矮松越發的青黑，樹尖上頂着一髻兒白花，好像日本看護婦。山尖全白了，給藍天鑲上一道銀邊。山坡上，有的地方雪厚點，有的地方草色還露着，這樣，一道兒白，一道兒暗黃，給山們穿上一件帶水紋的花衣。 —— 老舍《濟南的冬天》
白描外貌： 他正在廚房裏，紫色的圓臉，頭戴一頂小氈帽，頸上套一個明晃晃的銀項圈。	細描外貌： 他沒有甚麼模樣，使他可愛的是臉上的精神。頭不很大，圓眼，肉鼻子，兩條眉很短很粗，頭上永遠剃得發亮。腮上沒有多餘的肉，脖子可是幾乎與頭一邊兒粗；臉上永遠紅撲撲的，特別亮的是顴骨與右耳之間一塊不小的疤 —— 小時候在樹下睡覺，被驢啃了一口。 —— 老舍《駱駝祥子》
白描動作： 其間有一個十一二歲的少年，項帶銀圈，手捏一柄鋼叉，向一匹猹盡力的刺去，那猹卻將身一扭，反從他的胯下逃走了。	細描動作： 孫老者……拉開架子，他打了趟查拳：腿快，手飄灑，一個飛腳起去，小辮兒飄在空中，象從天上落下來一個風箏；快之中，每個架子都擺得穩、準，利落；來回六趟，把院子滿都打到，走得圓，接得緊，身子在一處，而精神貫串到四面八方。抱拳收勢，身兒縮緊，好似滿院亂飛的燕子忽然歸了巢。 —— 老舍《斷魂槍》
效果：簡潔、樸素、自然	效果：精細、華麗、雕飾

　　魯迅是白描聖手，他曾言，寫文章追求「有真意，去粉飾，少做作，勿賣弄」，「寫完後至少看兩遍，竭力將可有可無的字、句、段刪去，毫不可惜。」

　　總結一下本文值得仿寫的點：

仿選材	寫童年的小夥伴
仿寫法	「外貌」、「動作」、「語言」三大人物描寫法
仿語言	白描風格

　　大家認為，少年魯迅和少年閏土的友誼會延續下去嗎？很多同學說會，因為他們是重情重義的孩子，但是現實是殘酷的。

　　其實你們可能也會有這種經歷，譬如說搬家了，譬如說畢業了……於是和小夥伴分開了。而老師到了這個年紀，童年夥伴再相遇真的是有的，

　　當中年魯迅和中年閏土再相遇，他們之間「已經隔了一層可悲的厚障壁了」。

　　我們可以再讀讀《故鄉》裏寫中年閏土的片段，留意下文有這些值得仿寫的點。

仿選材	寫童年夥伴再相遇
仿寫法	前後對比來寫人物
仿語言	精準的比喻

故鄉（節選）

　　一日是天氣很冷的午後，我吃過午飯，坐着喝茶，覺得外面有人進來了，便回頭去看。我看時，不由的非常出驚，慌忙站起身，迎着走去。

　　這來的便是閏土。雖然我一見便知道是閏土，但又不是我這記憶上的閏土了。他身材增加了一倍；先前的紫色的圓臉，已經變作灰黃，而且加上了很深的皺紋；眼睛也像他父親一樣，周圍

都腫得通紅，這我知道，在海邊種地的人，終日吹着海風，大抵是這樣的。他頭上是一頂破氈帽，身上只一件極薄的棉衣，渾身瑟索着；手裏提着一個紙包和一支長煙管，那手也不是我所記得的紅活圓實的手，卻又粗又笨而且開裂，像是松樹皮了。

　　我這時很興奮，但不知道怎麼說才好，只是說：

　　「阿！閏土哥，——你來了？……」

　　我接着便有許多話，想要連珠一般湧出：角雞，跳魚兒，貝殼，猹，……但又總覺得被甚麼擋着似的，單在腦裏面迴旋，吐不出口外去。

　　他站住了，臉上現出歡喜和淒涼的神情；動着嘴脣，卻沒有作聲。他的態度終於恭敬起來了，分明的叫道：

　　「老爺！……」

　　我似乎打了一個寒噤；我就知道，我們之間已經隔了一層可悲的厚障壁了。我也說不出話。

　　他回過頭去說，「水生，給老爺磕頭。」便拖出躲在背後的孩子來，這正是一個廿年前的閏土，只是黃瘦些，頸子上沒有銀圈罷了。「這是第五個孩子，沒有見過世面，躲躲閃閃……」

　　母親和宏兒下樓來了，他們大約也聽到了聲音。

　　「老太太。信是早收到了。我實在喜歡的不得了，知道老爺回來……」閏土說。

　　「阿，你怎的這樣客氣起來。你們先前不是哥弟稱呼麼？還是照舊：迅哥兒。」母親高興的說。

　　「阿呀，老太太真是……這成甚麼規矩。那時是孩子，不懂事……」閏土說着，又叫水生上來打拱，那孩子卻害羞，緊緊的只貼在他背後。

「他就是水生？第五個？都是生人，怕生也難怪的；還是宏兒和他去走走。」母親說。

宏兒聽得這話，便來招水生，水生卻鬆鬆爽爽同他一路出去了。母親叫閏土坐，他遲疑了一回，終於就了坐，將長煙管靠在桌旁，遞過紙包來，說：

「冬天沒有甚麼東西了。這一點乾青豆倒是自家曬在那裏的，請老爺……」

我問問他的景況。他只是搖頭。

「非常難。第六個孩子也會幫忙了，卻總是吃不夠……又不太平……甚麼地方都要錢，沒有規定……收成又壞。種出東西來，挑去賣，總要捐幾回錢，折了本；不去賣，又只能爛掉……」

他只是搖頭；臉上雖然刻着許多皺紋，卻全然不動，彷彿石像一般。他大約只是覺得苦，卻又形容不出，沉默了片時，便拿起煙管來默默的吸煙了。

母親問他，知道他的家裏事務忙，明天便得回去；又沒有吃過午飯，便叫他自己到廚下炒飯吃去。

他出去了；母親和我都歎息他的景況：多子，饑荒，苛稅，兵，匪，官，紳，都苦得他像一個木偶人了。母親對我說，凡是不必搬走的東西，盡可以送他，可以聽他自己去揀擇。

下午，他揀好了幾件東西：兩條長桌，四個椅子，一副香爐和燭台，一桿抬秤。他又要所有的草灰（我們這裏煮飯是燒稻草的，那灰，可以做沙地的肥料），待我們啟程的時候，他用船來載去。

夜間，我們又談些閒天，都是無關緊要的話；第二天早晨，他就領了水生回去了。

　　……

老屋離我愈遠了；故鄉的山水也都漸漸遠離了我，但我卻並不感到怎樣的留戀。我只覺得我四面有看不見的高牆，將我隔成孤身，使我非常氣悶；那西瓜地上的銀項圈的小英雄的影像，我本來十分清楚，現在卻忽地模糊了，又使我非常的悲哀。

母親和宏兒都睡着了。

我躺着，聽船底潺潺的水聲，知道我在走我的路。我想：我竟與閏土隔絕到這地步了，但我們的後輩還是一氣，宏兒不是正在想念水生麼。我希望他們不再像我，又大家隔膜起來……然而我又不願意他們因為要一氣，都如我的辛苦展轉而生活，也不願意他們都如閏土的辛苦麻木而生活，也不願意都如別人的辛苦恣睢而生活。他們應該有新的生活，為我們所未經生活過的。

我想到希望，忽然害怕起來了。閏土要香爐和燭台的時候，我還暗地裏笑他，以為他總是崇拜偶像，甚麼時候都不忘卻。現在我所謂希望，不也是我自己手製的偶像麼？只是他的願望切近，我的願望茫遠罷了。

我在朦朧中，眼前展開一片海邊碧綠的沙地來，上面深藍的天空中掛着一輪金黃的圓月。我想：希望是本無所謂有，無所謂無的。這正如地上的路；其實地上本沒有路，走的人多了，也便成了路。

切切察察的保姆——
《阿長與〈山海經〉》裏的長媽媽

本章我們要講魯迅筆下另一個經典的人物形象 —— 長媽媽。

> 先介紹一下你們或身邊人的名字。說說這些名字有甚麼含義。

> 我叫璐璐。「璐」字的寓意是美玉。

> 我叫致恆，因為媽媽希望我做事專心致志，持之以恆。

> 我的哥哥叫宇軒，寓意氣宇軒昂。

> 我的弟弟叫書逸 —— 知書達理，飄逸脫俗。

大家的名字都很好！為甚麼要讓大家來說說自己的名字？跟本章要講的這個人物 —— 長媽媽有關。

在本書前幾章中，長媽媽也出場了。給小魯迅講百草園裏美女蛇故事的就是長媽媽；《五猖會》裏，小魯迅背書的時候，在旁邊焦急等待的也有長媽媽。

那麼長媽媽到底是誰？她有甚麼樣的特點？本章會為我們詳細揭曉答案。

請大家先通讀全篇，見本書第 80－85 頁。

有三個問題：

本文寫了長媽媽的哪些事？

小魯迅對長媽媽的情感如何變化？

長媽媽是個怎樣的人？

①本文寫了長媽媽的哪些事？

找一找文中寫典型事件的關鍵詞句。

> 常喜歡**切切察察**，向人們**低聲絮說**些甚麼事。
>
> 又**不許**我走動，拔一株草，翻一塊石頭……
>
> 在牀中間擺成一個「**大**」字，擠得我沒有餘地翻身……
>
> 這就是所謂**福橘**，元旦辟頭的磨難……
>
> 「哥兒，**有畫兒的『三哼經』**，我給你買來了！」

由此，我們可以用幾個四字詞組簡單概括文中所寫的事件：

說長道短

嚴格管制

「大」字睡相

逼吃福橘

買《山海經》

②小魯迅對長媽媽的情感如何變化？

找一找文中寫小魯迅情感變化的關鍵詞句。

雖然背地裏說人長短不是好事情，但倘使要我說句真心話，我可只得說：**我實在不大佩服她。**

這又使我發生新的敬意了，別人不肯做，或不能做的事，她卻能夠做成功。她確有偉大的神力。

小魯迅對長媽媽的情感變化：
不大佩服 ⇨ 產生敬意

老舍先生有一篇《母雞》，跟這篇一樣，都是欲揚先抑。

你感受到了，非常好！大家有機會也可以把那篇經典作品找來讀一讀。

③長媽媽是個怎樣的人？

> 我們先來一場「頭腦風暴」，把你讀完本文後對長媽媽這個人的感受，都以詞彙的形式寫出來。

守規矩

樸實善良

迷信

有責任心

不拘小節

粗俗

愛管閒事

嘮叨

熱情

> 形容詞非常的多。老師匯總一下，大概分為兩類，一類是講長媽媽的缺點，一類是講長媽媽的優點。

讓我們用一句話概括全文：

本文通過描寫長媽媽**逼「我」吃福橘、為「我」買《山海經》**等幾件事，展現了「我」對長媽媽的**情感變化**，刻畫了一個**缺點很多，但寬厚仁愛**的農村婦女形象，表達了對長媽媽的**深深懷念**。

細讀品味

阿長與《山海經》（節選）

　　長媽媽，已經說過，是一個一向帶領着我的女工，說得闊氣一點，就是我的保姆。我的母親和許多別的人都這樣稱呼她，似乎略帶些客氣的意思。只有祖母叫她阿長。我平時叫她「阿媽」，連「長」字也不帶；但到憎惡她的時候，── 例如知道了謀死我那隱鼠的卻是她的時候，就叫她阿長。

　　我們那裏沒有姓長的；她生得黃胖而矮，「長」也不是形容詞。又不是她的名字，記得她自己說過，她的名字是叫作甚麼姑娘的。甚麼姑娘，我現在已經忘卻了，總之不是長姑娘；也終於不知道她姓甚麼。記得她也曾告訴過我這個名稱的來歷：先前的先前，我家有一個女工，身材生得很高大，這就是真阿長。後來她回去了，我那甚麼姑娘才來補她的缺，然而大家因為叫慣了，沒有再改口，於是她從此也就成為長媽媽了。

　　雖然背地裏說人長短不是好事情，但倘使要我說句真心話，我可只得說：① 我實在不大佩服她。② 最討厭的是常喜歡切切察察，向人們低聲絮說些甚麼事。還豎起第二個手

▲ 我們注意到，小魯迅對長媽媽的稱呼，在不同情景之下是有變化的。

接下來，又介紹了長媽媽稱呼的來歷。

大家可以體會一下，魯迅寫文章懷念長媽媽，卻連她真正的名字都不知道。這裏面，是不是有一種同情的情感？

① 先概述小魯迅對長媽媽的情感。

② 小魯迅對長媽媽「不太佩服」的原因之一。

指，在空中上下搖動，或者點着對手或自己的鼻尖。我的家裏一有些小風波，不知怎的我總疑心和這「切切察察」有些關係。③ 又不許我走動，拔一株草，翻一塊石頭，就說我頑皮，要告訴我的母親去了。一到夏天，睡覺時她又伸開兩腳兩手，④ 在牀中間擺成一個「大」字，擠得我沒有餘地翻身，久睡在一角的蓆子上，又已經烤得那麼熱。推她呢，不動；叫她呢，也不聞。

「長媽媽生得那麼胖，一定很怕熱吧？晚上的睡相，怕不見得很好吧？……」

母親聽到我多回訴苦之後，曾經這樣地問過她。我也知道這意思是要她多給我一些空蓆。她不開口。但到夜裏，我熱得醒來的時候，卻仍然看見滿牀擺着一個「大」字，一條臂膊還擱在我的頸子上。我想，這實在是無法可想了。

但是她懂得許多規矩；這些規矩，也大概是我所不耐煩的。一年中最高興的時節，自然要數除夕了。辭歲之後，從長輩得到壓歲錢，紅紙包着，放在枕邊，只要過一宵，便可以隨意使用。睡在枕上，看着紅包，想到明天買來的小鼓，刀槍，泥人，糖菩薩……。然而她進來，又將一個福橘放在牀頭了。

「哥兒，你牢牢記住！」她極其鄭重地

③ 小魯迅對長媽媽「不太佩服」的原因之二。

④ 小魯迅對長媽媽「不大佩服」的原因之三。

▲ 三個動詞，形象描畫了長媽媽的性格特點：說長道短，搬弄是非。
● 留意長媽媽睡成「大」字事件中的動作描寫。

反映出長媽媽的性格特點：粗俗不雅，我行我素。

本書上一課，我們學習了白描的寫作手法。在這幾段的動作描寫中，我們可以體會白描的運用。

讀了這一段，想一想：你家過農曆新年，有哪些習俗？

說。「明天是正月初一，清早一睜開眼睛，第一句話就得對我說：『阿媽，恭喜恭喜！』記得麼？你要記着，這是一年的運氣的事情。不許說別的話！說過之後，還得吃一點福橘。」她又拿起那橘子來在我的眼前搖了兩搖，「那麼，一年到頭，順順流流……。」

夢裏也記得元旦的，第二天醒得特別早，一醒，就要坐起來。她卻立刻伸出臂膊，一把將我按住。我驚異地看她時，只見她惶急地看着我。

她又有所要求似的，搖着我的肩。我忽而記得了：「阿媽，恭喜……。」

「恭喜恭喜！大家恭喜！真聰明！恭喜恭喜！」她於是十分歡喜似的，笑將起來，同時將一點冰冷的東西，塞在我的嘴裏。我大吃一驚之後，也就忽而記得，這就是所謂福橘，元旦辟頭的磨難，總算已經受完，可以下牀玩耍去了。

……

我那時最愛看的是《花鏡》，上面有許多圖。他（一個遠房的叔祖）說給我聽，曾經有過一部繪圖的《山海經》，畫着⑤人面的獸，九頭的蛇，三腳的鳥，生着翅膀的人，沒有頭而以兩乳當作眼睛的怪物，……可惜現在不知道放在那裏了。

留意長媽媽逼小魯迅說恭喜、吃福橘事件中的**語言描寫、神態描寫、動作描寫**。

新年逼小魯迅說恭喜、吃福橘，反映了長媽媽**愚魯迷信**的一面。這也是小魯迅對長媽媽「不大佩服」的又一原因。

⑤ 小魯迅所嚮往的《山海經》內容。

我很願意看看這樣的圖畫，但 ⑥ 不好意思力逼他去尋找，他是很疏懶的。問別人呢，⑦ 誰也不肯真實地回答我。壓歲錢還有幾百文，⑧ 買吧，又沒有好機會。有書買的大街離我家遠得很，我一年中只能在正月間去玩一趟，那時候，兩家書店都緊緊地關着門。

玩的時候倒是沒有甚麼的，但一坐下，我就記得繪圖的《山海經》。

大概是太過於念念不忘了，連阿長也來問《山海經》是怎麼一回事。這是我向來沒有和她說過的，我知道她並非學者，說了也無益；但既然來問，也就都對她說了。

過了十多天，或者一個月罷，我還記得，是她告假回家以後的四五天，她穿着新的藍布衫回來了，一見面，就將一包書遞給我，高興地說道——

「哥兒，有畫兒的 ⑨『三哼經』，我給你買來了！」

⑩ 我似乎遇着了一個霹靂，全體都震悚起來；趕緊去接過來，打開紙包，是四本小小的書，略略一翻，人面的獸，九頭的蛇，……果然都在內。

⑪ 這又使我發生新的敬意了，別人不肯做，或不能做的事，她卻能夠做成功。她確有偉大的神力。

⑥ 尋不着。

⑦ 問不着。

⑧ 買不着。

小魯迅對《山海經》—— 愛而不得。

⑨ 這是沒有唸過書的長媽媽對《山海經》的誤稱，由此可以想像她費勁的買書過程。簡單的一個詞，就傳神地表達了這本書的**來之不易**。

⑩ 小魯迅獲得《山海經》的**心情**：驚喜震悚。

⑪ 長媽媽的**熱心善良**，使小魯迅對她**產生敬意**。

謀害隱鼠的怨恨，從此完全消滅了。

這四本書，乃是我最初得到，最為心愛的寶書。

書的模樣，到現在還在眼前。可是從還在眼前的模樣來說，卻是一部刻印都十分粗拙的本子。紙張很黃；圖像也很壞，甚至於幾乎全用直線湊合，連動物的眼睛也都是長方形的。但那是我最為心愛的寶書，看起來，確是人面的獸；九頭的蛇；一腳的牛；袋子似的帝江；沒有頭而「以乳為目，以臍為口」，還要「執干戚而舞」的刑天。

此後我就 ⑫ 更其搜集繪圖的書，於是有了石印的《爾雅音圖》和《毛詩品物圖考》，又有了《點石齋叢畫》和《詩畫舫》。《山海經》也另買了一部石印的，每卷都有圖贊，綠色的畫，字是紅的，比那木刻的精緻得多了。這一部直到前年還在，是縮印的郝懿行疏。木刻的卻已經記不清是甚麼時候失掉了。

▲ 字裏行間傳達了這本《山海經》對小魯迅的重要性：意味着一種「最初的美好」。

⑫《山海經》給了魯迅藝術的啟蒙。

> 魯迅有一本《故事新編》，對不少神話傳說進行了大膽的改編，從中也可以看出《山海經》給魯迅帶來的美學啟蒙。魯迅後來還做過一些美術設計，他的美學搭配也可以看出《山海經》的影子。

　　我的保姆，長媽媽即阿長，辭了這人世，大概也有了三十年了罷。我終於不知道她的姓名，她的經歷；僅知道有一個過繼的兒子，她大約是青年守寡的孤孀。

　　仁厚黑暗的地母呵，願在你懷裏永安她的魂靈！

▲ 透露出魯迅對長媽媽隱隱的愧疚。

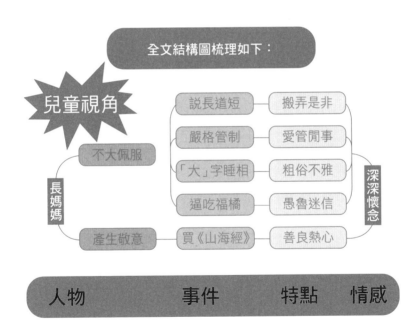

深入思考：為甚麼要寫長媽媽那麼多缺點？

這在本書前文已經提到過，是用了欲揚先抑的手法。

另外，我們來結合這篇文章的**寫作背景**說說：

1926 年前後，魯迅的人生處在孤獨失意的低谷。所以，他要從回憶裏取一些溫暖的人與事來滋養自己，透過文字返回童年，排解苦悶，疏解痛苦，暫離現實。

由此，我們回顧文中長媽媽的特點，可以有更深一層的解讀——

她的說長道短，正是她**熱心社交**的表現；她對小魯迅的嚴格管制，反映出她對自己保姆工作的**細心盡責**；她的「大字睡相」反映出她**不拘小節**的性格；她在新年逼小魯迅吃福橘的事，反映出她對於美好生活**虔誠執着**的嚮往……

魯迅在四十多歲時回憶長媽媽，對她的寬厚仁愛充滿尊敬，實際上，是因為認識到了長媽媽**對孩子的尊重**。

孩子是可以敬服的，他常常想到星月以上的境界，想到地面以下的情形，想到花卉的用處，想到昆蟲的語言；他想飛上天空，他想潛入蟻穴……

然而，我們是忘卻了自己曾為孩子時候的情形，將他們看作一個蠢才，甚麼都不放在眼裏。即使因為時勢所趨，只得施一點所謂教育，也以為只要付給蠢才去教就足夠。於是他們長大起來，就真的成了蠢才，和我們一樣了。然而我們這些蠢才，卻還在變本加厲的愚弄孩子。

—— 魯迅 1934 年《看圖識字》，收入《且介亭雜文》

　　人都不只有一面，每個人都不可能完美。寫長媽媽的缺點，寫出了她的平凡；寫長媽媽的優點，凸顯了她的偉大。這就是一位立體的長媽媽。

　　我們還可以一起來朗讀一下，希望本文能給大家留下深刻的印象。

仿寫
白描小人物，雙面立體寫人物

仿選材	寫身邊的小人物
仿寫法	雙面立體寫人物
仿語言	白描手法

　　我們再來回味一下，魯迅是怎麼用**白描手法**寫他**身邊的小人物** —— 他幼時的保姆長媽媽的。

白描外貌

　　我們那裏沒有姓長的；她生得黃胖而矮，「長」也不是形容詞。

　　我還記得，是她告假回家以後的四五天，她穿着新的藍布衫回來了。

白描語言

　　「哥兒，你牢牢記住！」她極其鄭重地說。「明天是正月初一，清早一睜開眼睛，第一句話就得對我說：『阿媽，恭喜恭喜！』記得麼？你要記着，這是一年的運氣的事情。」

「哥兒，有畫兒的『三哼經』，我給你買來了！」

白描動作

一到夏天，睡覺時她又伸開兩腳兩手，在牀中間擺成一個「大」字，擠得我沒有餘地翻身，久睡在一角的蓆子上，又已經烤得那麼熱。推她呢，不動；叫她呢，也不聞。

但到夜裏，……卻仍然看見滿牀擺着一個「大」字，一條臂膊還擱在我的頸子上。

白描神態

她卻立刻伸出臂膊，一把將我按住。我驚異地看她時，只見她惶急地看着我。

「恭喜恭喜！大家恭喜！真聰明！恭喜恭喜！」她於是十分歡喜似的，笑將起來，同時將一點冰冷的東西，塞在我的嘴裏。

白描心理

我想，這實在是無法可想了。

我大吃一驚之後，也就忽而記得，這就是所謂福橘，元旦辟頭的磨難，總算已經受完，可以下牀玩耍去了。

我似乎遇着了一個霹靂，全體都震悚起來。

還有一個仿寫點，那就是寫人物，可以缺點和優點一起寫。

你愛一個人，你思念一個人，這個人絕對不可能是扁平的啊。你不一定要天花亂墜地全寫這個人的好。寫這個人的缺點，也並不是為了批判他／她，而是帶着一種溫和、理解的態度，為了呈現他／她立體完整的面貌。

這樣寫人，也是很有生活氣息的。

　　楊二嫂和少年、中年閏土一樣，也是魯迅小說《故鄉》裏的人物。年輕時候的楊二嫂是「豆腐西施」，而當重回故鄉的魯迅見到中年以後的她，把她比喻成一個「細腳伶仃的圓規」。

　　如果你感興趣，也可以讀一讀，體會以下仿寫點：

仿選材	寫身邊的小人物
仿寫法	前後對比寫人物
仿語言	精準的比喻

故鄉（節選）

　　「哈！這模樣了！鬍子這麼長了！」一種尖利的怪聲突然大叫起來。

　　我吃了一嚇，趕忙抬起頭，卻見一個凸顴骨，薄嘴唇，五十歲上下的女人站在我面前，兩手搭在髀間，沒有繫裙，張着兩腳，正像一個畫圖儀器裏細腳伶仃的圓規。

　　我愕然了。

　　「不認識了麼？我還抱過你咧！」

　　我愈加愕然了。幸而我的母親也就進來，從旁說：

　　「他多年出門，統忘卻了。你該記得罷，」便向着我說，「這是斜對門的楊二嫂，……開豆腐店的。」

　　哦，我記得了。我孩子時候，在斜對門的豆腐店裏確乎終日坐着一個楊二嫂，人都叫伊「豆腐西施」。但是擦着白粉，顴骨

沒有這麼高，嘴脣也沒有這麼薄，而且終日坐着，我也從沒有見過這圓規式的姿勢。那時人說：因為伊，這豆腐店的買賣非常好。但這大約因為年齡的關係，我卻並未蒙着一毫感化，所以竟完全忘卻了。然而圓規很不平，顯出鄙夷的神色，彷彿嗤笑法國人不知道拿破崙，美國人不知道華盛頓似的，冷笑說：

「忘了？這真是貴人眼高……」

「那有這事……我……」我惶恐着，站起來說。

「那麼，我對你說。迅哥兒，你闊了，搬動又笨重，你還要甚麼這些破爛木器，讓我拿去罷。我們小戶人家，用得着。」

「我並沒有闊哩。我須賣了這些，再去……」

「阿呀呀，你放了道台了，還說不闊？你現在有三房姨太太；出門便是八抬的大轎，還說不闊？嚇，甚麼都瞞不過我。」

我知道無話可說了，便閉了口，默默的站着。

「阿呀阿呀，真是愈有錢，便愈是一毫不肯放鬆，愈是一毫不肯放鬆，便愈有錢……」圓規一面憤憤的回轉身，一面絮絮的說，慢慢向外走，順便將我母親的一副手套塞在褲腰裏，出去了。

此後又有近處的本家和親戚來訪問我。我一面應酬，偷空便收拾些行李，這樣的過了三四天。

……

又過了九日，是我們啟程的日期。閏土早晨便到了，水生沒有同來，卻只帶着一個五歲的女兒管船隻。我們終日很忙碌，再沒有談天的工夫。來客也不少，有送行的，有拿東西的，有送行兼拿東西的。待到傍晚我們上船的時候，這老屋裏的所有破舊大小粗細東西，已經一掃而空了。

……

　　母親說，那豆腐西施的楊二嫂，自從我家收拾行李以來，本是每日必到的，前天伊在灰堆裏，掏出十多個碗碟來，議論之後，便定說是閏土埋着的，他可以在運灰的時候，一齊搬回家裏去；楊二嫂發見了這件事，自己很以為功，便拿了那狗氣殺（這是我們這裏養雞的器具，木盤上面有着柵欄，內盛食料，雞可以伸進頸子去啄，狗卻不能，只能看着氣死），飛也似的跑了，虧伊裝着這麼高底的小腳，竟跑得這樣快。

作文講評（二）

溫故知新

學選材	學寫法	學語言
寫童年的小伙伴 寫身边的小人物	「外貌」、「動作」、「語言」 三大人物描寫法 雙面立體寫人物	白描風格 與手法

　　讓我們欣賞幾篇同學們的佳作，體會其特點：

1. 寫景色，為人物出場造勢；
2. 寫外貌，讓人物脫穎而出；
3. 寫動作，讓人物展現特點。

遊漓江

林臻濤

　　灰蒙蒙的天空，灰雲鋪滿了整片天，一座座高聳入雲的大山，雲霧繚繞，時隱時現，宛如仙境一般。大山下是寬闊的草坪和川流不息的漓江，一艘觀光船行駛在江中，其間有個八歲的孩子，身穿藍外套，腳踏小藍鞋。他站在遊船尾，雙眼凝視前方，似乎知道前方有更多的美景等待着他。

本篇優點：寫景細緻

愛搞怪的朱璟

王子喬

　　一片茂密的小竹林，鬱鬱葱葱，和一道灰瓦白牆交相呼應，很是優雅，遠處是隱隱若現的中國古典式庭院。正中入門處有個十一二歲的少年，只見他擺出「超人力霸王傑洛」變身時的樣子，兩隻手臂一前一後張開，左手臂略微彎曲，雙手勾拳，右腿高抬，橫眉立目。一聲大喝，真是威風凜凜，快樂灑脫呀！這就是我那個最愛搞怪的好朋友朱璟，這個動作也是我們兩人的招牌招式哦！

本篇優點：動作流暢

海上新年日出

鄭弘孺

　　波光粼粼的海面上浮着一個金黃色的大火球，海天相接處的天空被映成橘紅色。火球下，一條金光大道鋪在海面上，延向岸邊。冷颼颼的海風中，一家三口穿着羽絨服，手拉手，站在大堤之上。他們微笑着，憧憬着。縷縷金色陽光從他們背後灑下來，照向前方，照出了辛丑牛年的幸福安康。

本篇優點：韻味悠長

侯哥

法則也

　　窗外燦爛的陽光穿過明淨的玻璃，熱情地撲向整個教室。教室的每一個角落都有陽光在飛舞。整個教室亮堂堂的，照亮了一雙雙求知的眼睛。老師洪亮的聲音在教室回響，那聲音抑揚頓挫，彷彿山澗的清泉緩緩流入我們的心田。同學們時而凝思，時而神采飛揚，時而頻頻點頭，時而低首微笑。就在這時，一聲聲富有磁性的鼾聲進入了大家的耳朵，全班頓時鴉雀無聲，仔細尋找聲音的來源。

　　瞧！我們的侯哥摘掉黑框眼鏡，上身前傾，雙臂伸開，短寸頭枕在左臂上，雙眼緊閉，鼻息輕喘，趴在桌子上，兩耳已屏蔽了所有的信息。呼！呼！呼 —— 鼾聲連續不斷地響起。他的嘴角還肆無忌憚地流着口水，偶爾上下嘴脣輕啟，喃喃自語。或許我們的睡神又在做着他的春秋大夢呢？

　　不知是不是玩心大起，老師竟示意我們集體鼓掌，這下同學們都來了精神，興奮的小眼神一邊看向老師，一邊投向我們的「睡神」侯哥。大家迫不及待舉起雙手，只待一聲令下。

　　「準備！開始！」一瞬間，教室裏掌聲鋪天蓋地而來，如雷，如潮。剛才還在甜睡的侯哥，猛然間被「雷聲」喚醒，突然挺起腰板，睡眼環顧四周，稍一愣，但馬上輕扣雙掌，迅速加入鼓掌大軍。

哈哈！哈哈哈！哈哈哈……太可愛了！全班忍不住捧腹大笑，就連老師也笑得前仰後合。只有我們的侯哥，還在迷茫，迷迷糊糊地望向四周，還不知道是怎麼回事呢！

本篇優點：故事有趣

石內卜
武媛媛

在一間昏暗的教室裏，古老的牆壁已漸漸地泛黃，甚至脫皮。同學們在這間教室裏寫作業，只聽「砰」的一聲，門被猛的打開了，一個氣勢洶洶的男人走到了教室的講台前，講台前惟一的蠟燭照着他，讓他的臉變得清晰一點。只見他腳蹬黑皮鞋，穿着一件又黑又長、拖到地上的袍子，長長的黑色頭髮被窗戶外的一縷陽光照得亮亮的，但是這一點光不足以讓教室亮起來。這時，他正俯視着全班同學，兩隻胳膊交叉抱在胸前，嚴厲地說起了紀律，兩片嘴脣幾乎動也不動。

石內卜是英國作家 J.K. 羅琳的小說《哈利·波特》裏的人物。

深度仿寫

我們來看一篇「深度仿寫」魯迅的佳作。

我的好朋友

肖采言

　　一輪滿月注視着腳下熱鬧的小村莊，小村莊的大戲堂裏，正上演着閩戲。只見兩個大漢在台上比武，看得人眼花繚亂。左邊的大漢一個劍花，將對手刺倒在地上。人羣立刻叫起好來，而其中叫得最大聲、看戲最入迷的，是一個八歲的女孩兒。

　　這個女孩便是佳魚。我認識她時，也不過三歲，距離現在已有七年了。記得那年，我跟爸爸回福建鄉下過年，正在吃晚飯時，忽然聽到奶奶在院子裏說話的聲音：「佳魚，你來了？快進來吧，我孫女和你一樣大，你們可以一起玩。」一陣腳步聲，一個穿着大棉褲、大棉襖的小女孩走了進來。這衣服，土得可真有味道，大紅配着天藍，特別「耀眼」。只見她臉尖尖的，皮膚黑黝黝，臉的右下角有一顆黑痣。她還很怕羞，剛開始，我倆大眼瞪小眼，誰也不肯說話。直到我「噗嗤」一聲笑了出來，她才結結巴巴對我說：「我，我叫肖佳魚，你，你叫甚麼名字啊？」

　　就這樣，我和佳魚成了好朋友。每年春節回鄉下，她都會帶着我滿大山探險。她跟我說村邊的竹林裏有一大片鮮筍，我們就拿着鋤頭上山挖筍；我告訴她城裏晚上的霓虹燈有多美麗，她驚奇地望着天空，喃喃地對我說：「沒想到城市的夜晚是燈火通明的呢！不過，我們這裏的星星是最燦爛的……」

　　快樂的時光總是過得很快。每次過完年，我就要回城市上學了。走之前，我都會哭起來，佳魚也很傷心。我鬧着不肯走，但最後還是回去了。因為疫情，我三年沒回過福建了，甚麼時候才能再見到我鄉下的好朋友佳魚呢？

　　這篇文章的開頭，真是把本書精講的《故鄉》選段（魯迅寫少年閏土）的開頭學到位了。萬事開頭難，寫作文也是，我們平時閱讀經典作品，隨着積累愈多，可以**靈活應用**。

　　順便一提，許多**名著的開頭**，譬如馬奎斯《百年孤獨》、狄更斯《雙城記》，都非常經典，有好多人去仿寫。

延伸閱讀：《風波》裏的九斤老太

風波（節選）

臨河的土場上，太陽漸漸的收了他通黃的光線了。場邊靠河的烏桕樹葉，乾巴巴的才喘過氣來，幾個花腳蚊子在下面哼着飛舞。面河的農家的煙突裏，逐漸減少了炊煙，女人孩子們都在自己門口的土場上潑些水，放下小桌子和矮凳；人知道，這已經是晚飯的時候了。

老人男人坐在矮凳上，搖着大芭蕉扇閒談，孩子飛也似的跑，或者蹲在烏桕樹下賭玩石子。女人端出烏黑的蒸乾菜和松花黃的米飯，熱蓬蓬冒煙。河裏駛過文人的酒船，文豪見了，大發詩興，說，「無思無慮，這真是田家樂呵！」

但文豪的話有些不合事實，就因為他們沒有聽到九斤老太的話。這時候，九斤老太正在大怒，拿破芭蕉扇敲着凳腳說：

「我活到七十九歲了，活夠了，不願意眼見這些敗家相，—— 還是死的好。立刻就要吃飯了，還吃炒豆子，吃窮了一家子！」

伊的曾孫女兒六斤捏着一把豆，正從對面跑來，見這情形，便直奔河邊，藏在烏桕樹後，伸出雙丫角的小頭，大聲說，「這老不死的！」

九斤老太雖然高壽，耳朵卻還不很聾，但也沒有聽到孩子的話，仍舊自己說，「這真是一代不如一代！」

這村莊的習慣有點特別，女人生下孩子，多喜歡用秤稱了輕重，便用斤數當作小名。九斤老太自從慶祝了五十大壽以後，便漸漸的變了不平家，常說伊年青的時候，天氣沒有現在這般熱，豆子也沒有現在這般硬；總之現在的時世是不對了。何況六斤比

伊的曾祖，少了三斤，比伊父親七斤，又少了一斤，這真是一條顛撲不破的實例。所以伊又用勁說，「這真是一代不如一代！」

伊的兒媳七斤嫂子正捧着飯籃走到桌邊，便將飯籃在桌上一摔，憤憤的說，「你老人家又這麼說了。六斤生下來的時候，不是六斤五兩麼？你家的秤又是私秤，加重稱，十八兩秤；用了準十六，我們的六斤該有七斤多哩。我想便是太公和公公，也不見得正是九斤八斤十足，用的秤也許是十四兩……」

「一代不如一代！」

七斤嫂還沒有答話，忽然看見七斤從小巷口轉出，便移了方向，對他嚷道，「你這死屍怎麼這時候才回來，死到那裏去了！不管人家等着你開飯！」

七斤雖然住在農村，卻早有些飛黃騰達的意思。從他的祖父到他，三代不捏鋤頭柄了；他也照例的幫人撐着航船，每日一回，早晨從魯鎮進城，傍晚又回到魯鎮，因此很知道些時事：例如甚麼地方，雷公劈死了蜈蚣精；甚麼地方，閨女生了一個夜叉之類。他在村人裏面，的確已經是一名出場人物了。但夏天吃飯不點燈，卻還守着農家習慣，所以回家太遲，是該罵的。

七斤一手捏着象牙嘴白銅斗六尺多長的湘妃竹煙管，低着頭，慢慢地走來，坐在矮凳上。六斤也趁勢溜出，坐在他身邊，叫他爹爹。七斤沒有應。

「一代不如一代！」九斤老太說。

魯迅寫少年閏土，寫的是夥伴；寫長媽媽，寫的是童年時代的保姆；那麼本文中的九斤老太是甚麼樣的人？

先給大家介紹一下本文的**背景**，它是選自於魯迅的短篇小說《風波》。這篇小說描寫的是辛亥革命以後，張勳復辟，社會又回到封建王朝，於是江南某水鄉因要不要留辮子而起一場風波的始末。

九斤老太是魯迅的鄉親，她是當時廣大**農民**的一員。

本文寫的人物：

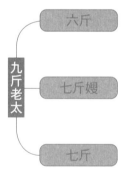

請用文中的語句回答：九斤老太名字的來歷是甚麼？

 「這村莊的習慣有點特別，女人生下孩子，多喜歡用秤稱了輕重，使用斤數當作小名。」

九斤老太太的口頭禪是甚麼？

 「一代不如一代！」

大家都印象深刻。那麼我們再思考一下，魯迅寫這樣的九斤老太，主要想表達甚麼樣的**情感**？

行文梳理

本文可以分成寫景和寫人的部分。

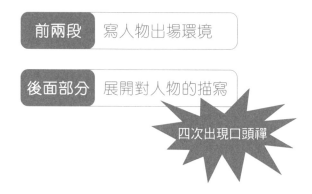

前兩段　寫人物出場環境

後面部分　展開對人物的描寫

四次出現口頭禪

《風波》是一篇小說，由此，我們聯想到小說三要素：

人物

情節　環境

①人物出場環境

看小說有點像看電影，如果沒有環境描寫，讀者不知道事情發生在哪裏。

我們先來看本文開頭對人物出場環境的描寫。

臨河的土場上，太陽漸漸的收了他通黃的光線了。場邊靠河的烏桕樹葉，乾巴巴的才喘過氣來，幾個花腳蚊子在下面哼着飛舞。面河的農家的煙突裏，逐漸減少了炊煙，女人孩子們都在自己門口的土場上潑些水，放下小桌子和矮凳；人知道，這已經是晚飯的時候了。

老人男人坐在矮凳上，搖着大芭蕉扇閒談，孩子飛也似的跑，或者蹲在烏桕樹下賭玩石子。女人端出烏黑的蒸乾菜和松花黃的米飯，熱蓬蓬冒煙。河裏駛過文人的酒船，文豪見了，大發詩興，說，「無思無慮，這真是田家樂呵！」

▲ 本段環境描寫裏的描寫對象共有四種：

① 景色風光

② 植物（烏桕樹）

③ 昆蟲（蚊子）

④ 人

● 用簡練的動作描寫，寫出清晰的畫面。

請你找一找這一段環境描寫裏的描寫對象和動作描寫。

實際上：真的那麼和諧嗎？

②展開人物描寫

從文章第二段起，已經從**整體場景式的景物描寫**聚焦到對人的描寫了。

請思考，文中九斤老太四次説「一代不如一代」的原因是甚麼？

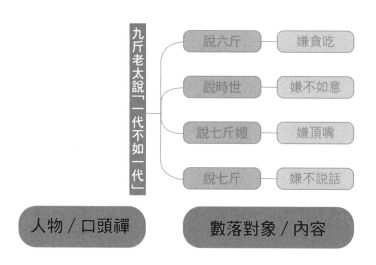

人物／口頭禪	數落對象／內容

梳理之後，我們可以分析九斤老太到底代表哪種人。

怨天尤人。

愛挑剔。

憤憤不平。

杞人憂天。

③通過寫九斤老太這個人物,本文表達了怎樣的情感?

本文諷刺的是:辛亥革命以後,因為革命的不徹底,農村中還有九斤老太這類保守、頑固的人物。九斤老太的口頭禪「一代不如一代」,就是說覺得以前比現在好,反映了她封建、復古的思想。

諷刺的情感裏,包含着魯迅對封建社會深深的厭惡。

仿寫

白描身邊的長者，反覆用口頭禪寫人物

仿選材	寫身邊的長者
仿寫法	反覆用口頭禪寫人物
仿語言	白描風格

我們身邊的長者，當然未必是像九斤老太這樣整天抱怨的人，很可能是有許多優點的，如和藹可親、關心時事、比較時髦……

在魯迅小說《風波》的後半部分，還有一個更加頑固的復古派 —— 趙七爺。大家感興趣的話，也可以讀一讀下文。

文中主要寫了趙七爺衣着的變化，他衣着的變化，就代表着他是得勢了還是失勢了。大家可以去體會。

仿選材	寫身邊的長者
仿寫法	用衣着的變化寫人物
仿語言	白描風格

風波（節選）

趙七爺是鄰村茂源酒店的主人，又是這三十里方圓以內的惟一的出色人物兼學問家；因為有學問，所以又有些遺老的臭味。他有十多本金聖歎批評的《三國志》，時常坐着一個字一個字的讀；他不但能說出五虎將姓名，甚而至於還知道黃忠表字漢升和馬超表字孟起。革命以後，他便將辮子盤在頂上，像道士一般；常常歎息說，倘若趙子龍在世，天下便不會亂到這地步了。七斤嫂眼睛好，早望見今天的趙七爺已經不是道士，卻變成光滑頭皮，烏黑髮頂；伊便知道這一定是皇帝坐了龍庭，而且一定須有辮子，而且七斤一定是非常危險。因為趙七爺的這件竹布長衫，輕易是不常穿的，三年以來，只穿過兩次：一次是和他慪氣的麻子阿四病了的時候，一次是曾經砸爛他酒店的魯大爺死了

的時候；現在是第三次了，這一定又是於他有慶，於他的仇家有殃了。

七斤嫂記得，兩年前七斤喝醉了酒，曾經罵過趙七爺是「賤胎」，所以這時便立刻直覺到七斤的危險，心坎裏突突地發起跳來。

趙七爺一路走來，坐着吃飯的人都站起身，拿筷子點着自己的飯碗說，「七爺，請在我們這裏用飯！」七爺也一路點頭，說道「請請」，卻一徑走到七斤家的桌旁。七斤們連忙招呼，七爺也微笑着說「請請」，一面細細的研究他們的飯菜。

「好香的乾菜，—— 聽到了風聲了麼？」趙七爺站在七斤的後面七斤嫂的對面說。

「皇帝坐了龍庭了。」七斤說。

七斤嫂看着七爺的臉，竭力陪笑道，「皇帝已經坐了龍庭，幾時皇恩大赦呢？」

「皇恩大赦？—— 大赦是慢慢的總要大赦罷。」七爺說到這裏，聲色忽然嚴厲起來，「但是你家七斤的辮子呢，辮子？這倒是要緊的事。你們知道：長毛時候，留髮不留頭，留頭不留髮，……」

七斤和他的女人沒有讀過書，不很懂得這古典的奧妙，但覺得有學問的七爺這麼說，事情自然非常重大，無可挽回，便彷彿受了死刑宣告似的，耳朵裏嗡的一聲，再也說不出一句話。

「一代不如一代，—— 」九斤老太正在不平，趁這機會，便對趙七爺說，「現在的長毛，只是剪人家的辮子，僧不僧，道不道的。從前的長毛，這樣的麼？我活到七十九歲了，活夠了。從前的長毛是 —— 整疋的紅緞子裹頭，拖下去，拖下去，一直拖到

腳跟；王爺是黃緞子，拖下去，黃緞子；紅緞子，黃緞子，——我活夠了，七十九歲了。」

七斤嫂站起身，自言自語的說，「這怎麼好呢？這樣的一班老小，都靠他養活的人，……」

趙七爺搖頭道，「那也沒法。沒有辮子，該當何罪，書上都一條一條明明白白寫着的。不管他家裏有些甚麼人。」

七斤嫂聽到書上寫着，可真是完全絕望了；自己急得沒法，便忽然又恨到七斤。伊用筷子指着他的鼻尖說，「這死屍自作自受！造反的時候，我本來說，不要撐船了，不要上城了。他偏要死進城去，滾進城去，進城便被人剪去了辮子。從前是絹光烏黑的辮子，現在弄得僧不僧道不道的。這囚徒自作自受，帶累了我們又怎麼說呢？這活死屍的囚徒……」

村人看見趙七爺到村，都趕緊吃完飯，聚在七斤家飯桌的周圍。七斤自己知道是出場人物，被女人當大眾這樣辱罵，很不雅觀，便只得抬起頭，慢慢地說道：

「你今天說現成話，那時你……」

「你這活死屍的囚徒……」

看客中間，八一嫂是心腸最好的人，抱着伊的兩周歲的遺腹子，正在七斤嫂身邊看熱鬧；這時過意不去，連忙解勸說，「七斤嫂，算了罷。人不是神仙，誰知道未來事呢？便是七斤嫂，那時不也說，沒有辮子倒也沒有甚麼醜麼？況且衙門裏的大老爺也還沒有告示，……」

七斤嫂沒有聽完，兩個耳朵早通紅了；便將筷子轉過向來，指着八一嫂的鼻子，說，「阿呀，這是甚麼話呵！八一嫂，我自己看來倒還是一個人，會說出這樣昏誕胡塗話麼？那時我是，整

整哭了三天，誰都看見；連六斤這小鬼也都哭，……」六斤剛吃完一大碗飯，拿了空碗，伸手去嚷着要添。七斤嫂正沒好氣，便用筷子在伊的雙丫角中間，直扎下去，大喝道，「誰要你來多嘴！你這偷漢的小寡婦！」

撲的一聲，六斤手裏的空碗落在地上了，恰巧又碰着一塊磚角，立刻破成一個很大的缺口。七斤直跳起來，撿起破碗，合上了檢查一回，也喝道，「入娘的！」一巴掌打倒了六斤。六斤躺着哭，九斤老太拉了伊的手，連說着「一代不如一代」，一同走了。

八一嫂也發怒，大聲說，「七斤嫂，你『恨棒打人』……」

趙七爺本來是笑着旁觀的；但自從八一嫂說了「衙門裏的大老爺沒有告示」這話以後，卻有些生氣了。這時他已經繞出桌旁，接着說，「『恨棒打人』，算甚麼呢。大兵是就要到的。你可知道，這回保駕的是張大帥。張大帥就是燕人張翼德的後代，他一支丈八蛇矛，就有萬夫不當之勇，誰能抵擋他，」他兩手同時捏起空拳，彷彿握着無形的蛇矛模樣，向八一嫂搶進幾步道，「你能抵擋他麼！」

八一嫂正氣得抱着孩子發抖，忽然見趙七爺滿臉油汗，瞪着眼，準對伊衝過來，便十分害怕，不敢說完話，回身走了。趙七爺也跟着走去，眾人一面怪八一嫂多事，一面讓開路，幾個剪過辮子重新留起的便趕快躲在人叢後面，怕他看見。趙七爺也不細心察訪，通過人叢，忽然轉入烏桕樹後，說道：「你能抵擋他麼！」跨上獨木橋，揚長去了。

　　……

此後七斤雖然是照例日日進城，但家景總有些黯淡，村人大

抵迴避着，不再來聽他從城內得來的新聞。七斤嫂也沒有好聲氣，還時常叫他「囚徒」。

過了十多日，七斤從城內回家，看見他的女人非常高興，問他說，「你在城裏可聽到些甚麼？」

「沒有聽到些甚麼。」

「皇帝坐了龍庭沒有呢？」

「他們沒有說。」

「咸亨酒店裏也沒有人說麼？」

「也沒人說。」

「我想皇帝一定是不坐龍庭了。我今天走過趙七爺的店前，看見他又坐着唸書了，辮子又盤在頂上了，也沒有穿長衫。」

「……」

「你想，不坐龍庭了罷？」

「我想，不坐了罷。」